Marguerite et le mont Blanc

Collection *Regards croisés*

Ouvrage édité par Marion Hennebert

www.editionsdelaube.com

ISBN 978-2-8159-5867-7

Michaël Sibony

Marguerite et le mont Blanc

roman

éditions de l'aube

À Marguerite,
elle qui n'a pas de prénom

À nos disparus

Chapitre 0

> Donnez-moi le prénom qui vous chante ! Mais je vous en prie, amusez-moi, faites-moi rire, ici les gens sont tous parfumés à l'ennui !
>
> Olivier BOURDEAUT,
> *En attendant Bojangles*

Nous marchons dans le petit tunnel pentu percé dans la roche. Il fait sombre, nous distinguons à peine les aspérités de sa voûte de pierre. Seuls des reflets luisants sur les rails nous guident par intermittence. Le reste du temps, nous nous fions au brouhaha saccadé émis par le frottement de nos pas sur les cailloux du sol. Des petits cailloux gris, tranchants, mélangés à quelques pierres, plus grosses et polies.

Au niveau du Nid d'Aigle – le terminus –, le train n'a pas pu redémarrer. Il est resté à l'entrée du tunnel, suspendu entre ciel et terre. Il est dix-huit heures trente. Les voyageurs, forcés de descendre de la montagne à pied, engorgent les voies. En convoi, à la queue leu leu, ils flanquent la ligne ferroviaire des deux côtés des rails comme on s'accroche à une ligne de vie. Après quelques dizaines de mètres, à la sortie du tunnel, la montagne nous expulse de ses entrailles et nous sommes tous aveuglés par la lumière : touristes en hordes familiales, solitaires du dimanche, alpinistes confirmés et jeunes rêveurs. Ébloui moi aussi, exalté, tout au plaisir de la situation singulière, je scande en continu : « *Tchou-tchou, tchou-tchou.* » Juché sur un rail, je pose mes pieds l'un après l'autre sur la tranche métallique et continue de progresser en équilibre, les bras tendus à l'horizontale. J'avance, *tchou-tchou, tchou-tchou*. Je suis le train. J'ai cinq ans.

Un barbu en uniforme, tenant dans ses mains des outils de mécanicien imprégnés de cambouis, surgit des flancs de la montagne. Il m'observe, attendri par l'enfant qui imite un train, puis il dit :

« Écoute. »

Je déraille et j'écoute.

« Sur la ligne du Tramway du Mont-Blanc, dit-il, on a trois trains. Le patron leur a donné le prénom de ses trois filles : Jeanne, Anne et Marguerite. Ils ont tous une motrice et un wagon, mais ils sont peints de couleurs différentes.

— À la montée, notre train était rouge et crème. Il s'appelait comment ?

— Ce devait être Marguerite.

— Marguerite ? »

Je cours vers le ventre arrondi de ma mère.

« Maman ! On pourrait appeler une des deux jumelles Marguerite ? C'est joli, Marguerite. »

Ma mère m'a laissé dire, amusée.

« Oui, c'est joli. »

Chapitre 1

Españoles, salís de vuestra patria,
después de haber luchado contra la invasión.
Caminando por tierras extranjeras,
mirando hacia la estrella de la liberación.
CANCIÓN DE BOURG-MADAME

Plus tôt ce même jour, avant de tomber en panne, le train nous a acheminés au Nid d'Aigle, à 2 372 mètres d'altitude. Il est bourré d'alpinistes encombrés de leur sac de montagne, épais comme deux hommes. Quand ils descendent des wagons, ils font rebondir leur paquetage contre les parois des portes. Un piolet menaçant est sanglé au dos d'un sac, la pointe vers le ciel. Parfois, un casque coiffe l'ensemble, suggérant la présence d'un enfant recroquevillé sur le dos du grimpeur.

Je pense à une histoire que mon père m'a racontée la veille.

« Dieu dit à Abraham : “Prends ton fils, ton unique, celui que tu aimes, Isaac, amène-le en haut du mont Moriah et offre-le-moi en sacrifice.”

— Et il a fait cela ? Il a tué son fils ?

— Abraham voulait apporter à Dieu une preuve d'amour. Il emmène Isaac en haut de la montagne et le ligote. Il lève son couteau. Mais à ce moment, un ange arrête la main du père et lui dit : “*Épargne ton fils, tue le bélier qui est là à sa place.*” Ce non-sacrifice marque la fin des sacrifices humains, il distingue le judaïsme des religions païennes. »

J'imagine, sur le dos des alpinistes, des enfants en partance vers le haut de la montagne.

Du quai, je fixe les yeux vers les chaussures aux semelles sculptées et aux longs lacets bicolores, entortillés autour de la languette, prêtes à me piétiner : les grimpeurs ne me voient pas, ma tête affleure le bas de leur sac. Je me faufile entre eux et j'esquive la bousculade avec toute l'habileté de mes petites jambes. Ils partent.

Du Nid d'Aigle démarre la « voie Normale » de l'ascension du mont Blanc, le chemin le plus fréquenté. Les prétentieux l'appellent la « voie Royale » au mépris de l'évidence : la route ne présente aucune difficulté technique, et aucun roi ne l'a empruntée. Ils veulent peut-être dire qu'on a une paix royale quand on la prend. Vu la quantité d'hommes harnachés, j'en doute.

Certains montagnards portent des cordes épaisses, du diamètre d'une bague, qu'ils enroulent avant de les accrocher sous le rabat de leur sac. Les boucles des cordages, violettes, roses ou d'autres couleurs vives, s'épanouissent de chaque côté en forme d'ailes de papillon. Elles lieront les membres du groupe entre eux quand ils atteindront le glacier de Tête Rousse, après deux heures de marche. Le plus souvent, un guide s'attache à deux clients et forme avec eux une seule entité solidaire : une cordée. Celle-ci comporte rarement plus de trois individus. Si l'un chute, les autres le rattrapent, sauf dans les cas rarissimes où ils tombent tous à la fois, car la corde ne casse jamais. Les prétendants au mont Blanc les moins expérimentés affichent un visage inquiet. L'idée de faillir les hante, et ils se donnent une contenance en scrutant les sommets.

Face à moi, un homme contraint par son guide de vider son sac se fait sermonner :

« Il est beaucoup trop lourd, votre sac !

— Je n'ai mis que le minimum, j'ai suivi à la lettre vos recommandations. »

Il le vide sur le coin d'un banc occupé par quelques marcheurs contemplatifs.

« Et ça ? Mais non, on ne sabre pas le champagne à 4 800 mètres d'altitude !

— Mais, dans ce cas, la vie ne vaut pas la peine d'être vécue !

— Quand on grimpe, on ne porte que le strict nécessaire. L'eau, le casse-croûte et le matériel de montagne. Un change si vous voulez. Rien d'autre. Plus haut, le poids sera amplifié par la fatigue. Quant à l'effet de l'alcool, il sera décuplé. Sur certaines lignes de crête très étroites, pas plus larges qu'une coudée, un faux pas est fatal ; mieux vaut marcher droit ! »

Je me remémore le contenu de mon sac Polochon bleu et jaune – pas l'oreiller, le meilleur ami poisson d'Ariel, la petite sirène. J'y ai mis le strict nécessaire : une barre chocolatée, de l'eau et ma petite locomotive en bois rouge.

J'entends parler anglais, allemand, et d'autres langues que je ne reconnais pas. Beaucoup de nationalités sont représentées parmi les alpinistes. Le désir de monter sur le mont Blanc fait venir des citoyens du monde entier. Qu'est-ce qui les unit dans ce désir de grimper ?

L'homme rabroué remet avec une moue déçue son sac allégé sur le dos. À ses côtés, son guide, souriant après la séquence d'autorité, finit de lover sa corde et la place autour du cou, en bandoulière. À quelques mètres, une femme au visage tanné fixe un bout de caoutchouc élimé sur la pointe de son piolet. Une autre s'acharne pour la seconde fois sur ses longs lacets et les serre bien fort, en faisant un triple nœud.

La préparation à laquelle j'assiste m'impressionne. Tiraillé entre l'envie de les rejoindre et la peur du danger, le froid et l'effort qu'ils s'apprêtent à réaliser, j'entends au fond de ma tête une chanson que ma mère fredonne parfois :

Donna donna donna
Tu regretteras le temps
Donna donna donna
Où tu étais un enfant

Il est trop tôt pour regretter. Je tourne la tête. Mes parents commencent à marcher et m'arrachent au spectacle des alpinistes bossus, effrayants et captivants. Le rythme saccadé de mes petites foulées rattrape vite les lentes enjambées de mes parents.

« Le Tramway du Mont-Blanc ne va pas jusque tout là-haut, il s'arrête là où démarre le sentier, au Nid d'Aigle. Un jour, moi, j'irai. Tout là-haut là-haut là-haut, dis-je en pointant le ciel du doigt et en me hissant sur la pointe des pieds. Oui, sur le mont Blanc.

— Là, tu désignes l'aiguille de Bionnassay. Le mont Blanc, lui, est encore caché, rectifie mon père.

— Il est plus haut mais on ne le voit pas ?

— Parfaitement. Les choses les plus hautes ne sont pas toujours les plus visibles. »

En attendant d'avoir l'âge de la grande ascension, je traîne des pieds sur le sentier monotone qui mène du Nid d'Aigle à un point de vue sur le glacier de Bionnassay. La marche, d'une durée de trente minutes à peine, se pratique en famille avec des enfants.

« Pourquoi je dois marcher si on ne verra même pas le mont Blanc ?

— Tu dois t'entraîner dès maintenant.

— Mais pourquoi ? »

Une bifurcation scinde notre route en deux. POINT DE VUE GLACIER DE BIONNASSAY – 30 MINUTES à droite, REFUGE TÊTE ROUSSE – 3 HEURES à gauche. Je m'arrête. Mon père, qui a continué vers le glacier, se retourne et m'appelle.

« Qu'est-ce que tu fais ? Avance ! »

Des randonneurs dévalent du chemin de gauche, poursuivis par un nuage de poussière.

« Eux, ils reviennent du mont Blanc ? »

Ils ont le maillot et les cheveux tout mouillés, comme s'il avait plu de l'eau chaude et de l'eau froide sur leur tête. Même leurs yeux sont brillants de transpiration, et d'autre chose, je ne sais pas quoi.

Je montre à mon père la sente de gauche :

« La voie Normale est par là ?

— Normale ou Royale, tu as le choix. »

Ceux qui en reviennent n'ont rien de normal, avec leurs yeux fiévreux, leurs joues piquées de rouge sombre et leurs jambes chancelantes. Je veux être l'un d'eux, je veux voir ce qu'ils ont vu, là-haut.

« Moi aussi, je monterai là-haut, mais par une autre voie ! Moi je grimperai par une voie que personne d'autre n'aura explorée !

— Avant de créer ta propre voie, s'impatiente mon père, il faut continuer sur celle qui mène au glacier de Bionnassay. On va marcher en rythme avec le chant de Bourg-Madame. Les réfugiés républicains et révolutionnaires espagnols le chantaient en 1939, fuyant la guerre civile en Espagne. Mais eux traversaient une autre montagne, les Pyrénées. »

Je bombe le torse, j'ajuste mon sac Polochon en tirant sur les lanières jaunes, et élance mes jambes en avant dans un semblant de marche militaire. Nous repartons. Avancer en musique me fait vite oublier ma fatigue. Je répète la chanson sans la comprendre et ne retiens que quatre mots : *Estrellas. Caminando. Patria. Liberación. Étoiles. Cheminer. Patrie. Libération.* De si jolis mots qui donnent envie de faire la révolution en marchant à travers les étoiles.

« Tiens, lui avec ses chaussettes rouges, ça ne serait pas B. ? dit ma mère en désignant un marcheur.

— L'ancien ministre ? Peut-être bien.

— Le voisinage a bien changé dans la vallée, soupire-t-elle. Autrefois, on avait Frison-Roche et Charles Bozon, maintenant ce sont des ministres et des banquiers d'affaires, et les boutiques de luxe remplacent les cafés... Chanel a remplacé une échoppe authentique que j'aimais bien.

— Quand je suis venu la première fois, c'était à l'été 1968, juste après les manifestations du mois de mai. On venait suer, s'éreinter, pas se montrer. On marchait avec ces refrains et quelques autres que je venais d'apprendre sur les pavés parisiens. Marche en montagne et chants révolutionnaires vont de pair. »

À mon anniversaire, oncle Ajzik m'offre trois quarante-cinq tours : l'hymne soviétique, *l'Internationale* et *Bella Ciao*. Des chants idéalistes et entraînants qui donnent du courage, surtout dans les montées difficiles.

La musique a le pouvoir de mettre dans un état d'esprit particulier celui qui l'écoute : la joie, l'enthousiasme, l'énergie, la nostalgie, le deuil. Il suffit de choisir celle qui nous mettra dans la transe souhaitée. Le double concerto de Bach me soulage aujourd'hui plus qu'une aspirine. La fantaisie-impromptu, *¡Ay, Carmela !*, *le Chant des partisans* en français ou en yiddish sont d'autres pilules que je puise dans ma pharmacie-discothèque qui grandit avec le temps.

Une photo de moi à l'âge de trois ans me montre juché sur un paquet de lessive Omo, la main tendue vers un mange-disque orange. Sans cette image, je n'en aurais pas le souvenir. Les photos sont la mémoire des amnésiques, des distraits et de ceux qui s'absentent souvent à leur histoire. Qu'allais-je écouter ? *Bella Ciao*, car à la fin, le *partigiano* italien demande à son amoureuse de l'enterrer en haut de la montagne, à l'ombre d'une belle fleur (*sotto l'ombra di un bel flor*), à l'ombre d'une marguerite.

Face au glacier, mon père extrait un Polaroid de son sac :

« Immortalisons cet instant ! »

Il choisit un point de vue, interpelle un promeneur. Nous prenons la pose. Ma mère m'attrape par l'épaule et me serre contre elle. Je brandis ma petite locomotive rouge. Quand la photo est expulsée avec son sifflement rauque, je piaffe :

« Montre-moi la photo ! Montre-moi la photo ! »

Sur fond de glacier et de moraine, nos silhouettes se révèlent peu à peu. Je me tiens raide, mon train rouge à la main, à côté de ma mère vêtue d'une ample robe blanche qui enveloppe son ventre tel un voile de berceau recouvrant les jumelles à naître. Je les imagine à l'intérieur, dans les starting-blocks, prêtes à faire la révolution en marchant à travers les étoiles, grâce à notre chanson-pilule du courage. Je les devine dans ses entrailles, encore anonymes, mais bien présentes sous le drapé de la robe. Dans mon esprit, le cliché Polaroid, s'il avait continué à se développer, les aurait révélées lovées l'une contre l'autre dans le ventre de ma mère.

Sur le chemin du retour, nous reprenons le chant de Bourg-Madame en criant à travers les alpages. Avec son rythme de marche militaire, il fait son effet, et nous marchons d'un si bon pas que ma mère peine à suivre. Il faut dire qu'à cet instant, ma mère concentre trois êtres à elle toute seule.

Au Nid d'Aigle, les haut-parleurs diffusent une annonce : le train à quai est en panne. Le mécanicien interviendra d'ici une heure. On nous invite à patienter.

« Comment te sens-tu, chérie ? Est-ce qu'on attend ?

— Tu sais bien que ce n'est pas le genre de la maison. Si on chante, et si tu ralentis le rythme, tout ira bien. »

Dans cette descente le long des rails, j'entends pour la première fois, grâce au mécanicien barbu aux mains sales, l'histoire des prénoms des trains du Tramway du Mont-Blanc. Je visualise à nouveau le cliché du Polaroid, le ventre de ma mère en transparence, et ce qu'il y a dedans. Marguerite et sa jumelle.

Dans cette descente le long des rails, j'insiste :

« Maman, tu ne voudrais pas en appeler une Marguerite ? C'est joli, Marguerite.

— Oui, peut-être, peut-être.

— Le train rouge et crème s'appelle comme ça, et la petite fleur qui pousse en haut des montagnes aussi. »

Les marguerites ne poussent pas sur les sommets ; je le sais. Ce sont les edelweiss, mais personne ne s'appelle Edelweiss, et le mot est bien compliqué. En plus, mon oncle Ajzik, qui parle yiddish et qu'on appelle « *Der Kommunist* », n'aime pas ces fleurs-là car elles ne sont pas révolutionnaires. *Edel* veut dire noble, et *Weiss*, blanc. Les nobles blancs sont des ennemis de la Révolution.

Dans cette descente le long des rails, ma mère me laisse dire que les marguerites poussent au sommet des montagnes. Je suis l'enfant que l'on trompe sur l'existence du père Noël, la souris qui passe après la chute des dents de lait, et bien d'autres choses. Adulte, je voudrais voir les marguerites sur les cimes, et recevoir des cadeaux tombés du ciel.

Dans cette descente le long des rails, je fais exister Marguerite, elle qui ne naîtra jamais.

Chapitre 2

Marguerite c'est mes nuits noires, c'est
mes nuits rouges,
C'est mes nuits blanches.
C'est comme un train, oui, qui s'égare
mais qui s'arrête pas dans les gares.
C'est la luciole au fond des nuits,
c'est comme rouler sans le permis.
SAEZ, *Marguerite*

« BIENVENUE À CHAMONIX, CAPITALE MONDIALE DE L'ALPINISME ET DU SKI. »

Lors de son premier séjour, Gabriel, mon camarade de classe du lycée Montaigne, lit à haute voix le panneau de signalisation à l'entrée de la ville.

« Ils ne sont pas un peu prétentieux, ici ? Capitale, rien que ça ?

— Chamonix est certes une petite ville, mais elle a deux gares. Si tu aimes la vue du mont Blanc, tu vas à la gare de Chamonix. Si tu préfères le paysage des Aiguilles rouges, je te conseille la gare du Montenvers.

— Deux gares dans une vallée peuplée de moins de dix mille habitants, ce n'est pas deux gares de trop ?

— Certainement pas. D'ailleurs, dans la vallée, il y a même une troisième ligne ferroviaire ! »

Le train du Montenvers

Inauguré en 1909, le petit train du Montenvers, composé de deux wagons rouge vif, emmène les touristes à « l'envers » de la montagne. Dessiné de la main d'un enfant, le train traverserait la page en diagonale puis disparaîtrait, poursuivant son ascension de l'autre côté de la vallée, vers sa face invisible, vers la Mer de Glace, le glacier le plus important d'Europe, long de huit kilomètres. Jusqu'en 1741, il était connu sous l'appellation glacier des Bois, en hommage au village des Bois niché en bas de sa pente. Un aventurier anglais, Sir William Windham, le décrit dans une lettre à son ami genevois, Pierre Martel : … UN LAC AGITÉ D'UNE GROSSE BISE ET GELÉ D'UN COUP. L'ami suisse popularise cette nouvelle appellation. Pendant un temps, les deux noms coexistent.

Pierre Martel a l'illusion d'un lac, mais la masse glaciaire épouse les courbes de la montagne. La Mer de Glace prend sa source aux confluences des glaciers de Leschaux et du Tacul, à environ 2130 mètres. Là, la neige s'accumule avant de s'écouler avec langueur, à la vitesse de 120 mètres par an. La masse neigeuse refuse de fondre avant sa partie *terminale*, à 1500 mètres d'altitude. Elle consent alors à se transformer en rivière gelée. Son mouvement, constant depuis la chute initiale, est très lent : elle mettra plusieurs décennies avant d'arriver au point de transformation de la glace en eau. La paisible Mer de Glace au rythme endormi se change alors en torrent tumultueux, l'Arveyron, qui rejoint, à l'entrée de Chamonix, l'Arve.

Chaque jour, au moyen de sa roue dentée, le petit train rouge vif à crémaillère fait l'ascension du chemin qui mène au Montenvers, à 1 913 mètres d'altitude. Ce terminus dessert un hôtel qui affleurait la Mer de Glace. Les voyageurs partaient directement en excursion de la station du Montenvers. Mais d'année en année, le glacier a perdu de son épaisseur et de sa superbe. Il n'a pas cessé de fondre. La gare qui faisait face au glacier au début du XXe siècle se retrouve à présent sans vis-à-vis, dans la position d'un phare au-dessus d'une mer de glace retirée. Un phare à marée basse sans que ne revienne jamais la marée haute. Si les touristes et les alpinistes souhaitent rejoindre le glacier, ils peuvent choisir de désescalader, ou d'utiliser une télécabine. Un escalier en caillebotis métallique est fixé à la roche depuis la station basse de cette « descente » mécanique. Des panneaux signalent par quatre chiffres en caractères gras l'année de leur pose, et le niveau de la Mer de Glace à ces dates : 2004, 2005, 2006… 2013. Ils forment des similipierres tombales dont l'épitaphe serait : CI-GÎT UN GLACIER QUI FUT UNE MER DE GLACE JUSQU'EN 1992. VEUILLEZ DESCENDRE ENCORE CENT VINGT MARCHES ET OBSERVER À QUOI IL RESSEMBLE. Une fois dessus, les alpinistes peuvent rejoindre les refuges qui les abriteront avant de gravir de hautes montagnes. Les touristes visitent des grottes de glace. La compagnie qui exploite le site en creuse une nouvelle chaque année car le glacier se meut sans cesse. L'air extérieur s'engouffre dans ces différents trous de glace et contribue à accélérer sa fonte de l'intérieur. Le touriste est alerté par le phénomène de fonte tout en déambulant avec un certain ravissement entre les jolies sculptures givrées.

Depuis mon enfance, j'ai suivi la modification douloureuse du paysage. Dans sa partie inférieure, le glacier n'a plus rien d'impressionnant. Il ressemble à une carrière de sable : les petites particules contenues dans la glace se déposent à la surface au fur et à mesure de sa fonte. Les cartes postales vendues dans la ville sont accablantes : la perte de glace des dernières décennies est maladroitement compensée par des falsifications numériques. Aveu plus criant, certains marchands de souvenirs font la promotion de cartes datant de l'aube du xxe siècle, qui montrent un glacier vigoureux, visible depuis le village des Praz, en fond de vallée. Sur d'autres cartes datant des années 1910, la locomotive à vapeur, cheminée fumante, au terminus, ressemble à un paquebot amarré à la montagne avant un grand départ vers le large.

Les cartes postales n'illustrent pas les mouvements des glaciers. Les articles de presse ne traduisent pas la violence de la disparition. Il faut s'en approcher l'été et se laisser surprendre par un sérac qui rompt et se brise pour en avoir le cœur meurtri. Le spectacle est bruyant, violent et poussiéreux. J'assiste, depuis mon enfance, à la lente agonie du glacier. Qu'est-ce qu'une génération d'homme dans l'histoire de l'humanité ? Le paysage glaciaire est défiguré. Je n'ai pas connu l'éclat découvert ici par mes parents. Et mes enfants ne verront pas mes montagnes comme je les vois. Elles auront changé.

À mes côtés, des touristes s'exclament :

« C'est beau ! »

Mais un glacier qui s'écorche à vif n'a rien de beau.

Le fracas nous saisit.

À vue d'œil, les glaciers rétrécissent. L'hiver, ils se reforment si les chutes de neige sont suffisamment abondantes. Elles ne le sont plus.

Les glaciers sont vivants : ils se meuvent tous les jours dans une lente détermination. Depuis la révolution industrielle, ils reculent : ils fondent plus vite qu'ils ne se recréent. John Muir, naturaliste américain du XIXe siècle, les observait et supposait qu'ils étaient une muse créatrice pour les humains : partout où il y a des glaciers, le monde a été dans un constant état de création. Ils étaient source de fantasme, d'imagination, de contemplation. Maintenant qu'ils disparaissent, qu'adviendra-t-il des humains, si leur muse s'éloigne chaque jour un peu plus ?

Enfant, au Montenvers, je voyais en ce glacier une mer infinie. Il me semblait y distinguer des vagues figées, prêtes à m'engloutir. Aujourd'hui, les vagues se sont effondrées. La tempête s'est arrêtée. La mer de glace a disparu. Seul son nom subsiste. Un jour, par honnêteté, on devra la débaptiser, et on effacera du train rouge (qui n'y mène plus vraiment) l'inscription MER DE GLACE. Quel nom lui trouvera-t-on ? Peut-être s'inspirera-t-on de Perec et la nommerons-nous de manière énigmatique : *La disparition.*

La traduction anglaise du glacier, *Sea of Ice*, me rappelle les paroles de Mary, l'assistante d'anglais du collège, d'origine canadienne. Lors de son premier cours, elle nous raconta cette histoire :

« Mon rôle est de vous enseigner l'anglais, mais aussi la culture et l'histoire de pays anglophones.

Nous allons commencer par un peu d'histoire. Pendant la Grande Guerre, c'est-à-dire la *World War One,* plus de quatre millions de soldats américains ont été mobilisés. L'Europe a été libérée grâce à eux. Ne l'oubliez pas ! Vers la fin de la guerre, le 6 décembre 1917, sur une *Sea of Ice*, oui, une mer de glace, le cargo français le *Mont Blanc*, chargé de munitions destinées aux alliés, est entré en collision avec un navire marchand norvégien à l'entrée du port de Halifax. Je vous raconte cette histoire parce que je suis née à Halifax. Des étincelles ont enflammé le bateau chargé de deux mille quatre cents tonnes d'explosifs. Le capitaine, ce *fucking coward,* a commandé l'abandon du navire, au lieu de combattre les flammes avec son *crew.* Le bateau ardent a pénétré dans le port jusqu'à faire face au centre-ville. Quelques minutes plus tard, le cargo a explosé et tué deux mille habitants de cette si paisible bourgade, si éloignée de la guerre. Les seuls morts de la Première Guerre sur le territoire canadien. Le *Mont Blanc* sur cette *Sea of Ice* fut un grand meurtrier. »

À Chamonix, le mont Blanc est lui aussi un sanguinaire. Il prend son tribut de vies humaines. Blanc, galbé, soyeux, il n'a rien d'un bateau de guerre alourdi d'armes. Il perpétue d'autres forfaits. Il tue ceux qui l'aiment. Il commet des crimes passionnels. En moyenne quatre par an, quelques cordées internationales de préférence. Il ne fait pas de distinction entre les alpinistes. Derrière son air doucereux, il préfère les moins prudents ; il est criminel et récidiviste.

Le Train express régional

L'autre gare de Chamonix se situe sur l'axe reliant Saint-Gervais (Haute-Savoie) et Martigny (Suisse). Les trains franco-suisses en circulation sur cette ligne régionale sont neufs et flambants, alors qu'en France, les trains régionaux sont moins entretenus. Rouges et blancs, ils portent haut les couleurs du drapeau helvète, cédant à l'influence chromatique hégémonique de la Suisse. Au confort du voyage dans des trains luxueux s'ajoute le plaisir de voir défiler les montagnes au travers des grandes baies vitrées ouvertes sur le ciel. Le trajet s'apparente à une séance de cinéma.

Mes parents étaient des clients réguliers de l'Éden, un petit restaurant situé derrière la chapelle du village des Praz, visible sur toutes les cartes postales anciennes du glacier des Bois. La ligne du TER frôle le restaurant ; un passage à niveau sécurise la route. J'ai un souvenir d'enfance à cet endroit très précis : je piaffais à l'idée de dévorer une meringue en forme de champignon atomique dégoulinant de chocolat quand la sonnerie a retenti : le sémaphore orange clignota, les barrières se baissèrent. Je me suis échappé de table et j'ai couru à la fenêtre, cédant à l'appel du train. J'ai collé à la vitre du restaurant ma petite locomotive en bois rouge, et j'ai dessiné dans la buée deux rails parallèles au train qui passe.

En ces temps-là, les wagons vieil orange et anthracite équipés de portes à ouverture manuelle grinçaient fort. Les temps d'arrêt étaient de quelques secondes. Une année, pendant les vacances de février, le conducteur pressé nous laissa à peine le temps de sortir. Mes parents, descendus les premiers sur le quai avec les valises, avaient crié à notre intention :

« Continuez jusqu'à l'arrêt suivant ! »

C'était sans compter sur l'audace d'oncle Ajzik. Me prenant par la main, il me fit sauter du train en marche. J'étais effrayé et ravi. Après un atterrissage de velours sur le quai enneigé (qui l'est de moins en moins chaque hiver), il dit à mes parents, en essuyant la neige de son costume :

« Faut-il se priver de sauter d'un train en marche quand il nous embarque vers une mauvaise destination ? »

La ligne du TER constitue la colonne vertébrale de la vallée. Elle est parallèle à l'Arve, rivière peu honorée par son nom, homophone de « *larve* ». L'Arve prend sa source au glacier du Tour, tout près de la frontière suisse, et descend la vallée. Dans le centre-ville de Chamonix, un sentier piéton longe le cours d'eau agité ; des vapeurs fraîches mouillent les visages lorsqu'on se penche trop près. La mairie a baptisé la promenade « *Marie Paradis* », du nom de la première femme à avoir fait l'ascension du mont Blanc, le 14 juillet 1808, à l'époque où Chamonix se situait dans le royaume de Sardaigne. Marie Paradis avait dû être portée au sommet par ses guides, parmi lesquels Jacques Balmat, le premier ascensionniste de la grande montagne. Alexandre Dumas en relate l'événement dans le chapitre XI de son livre *Voyage en Suisse*, dont le titre confirme lui aussi l'influence du pays neutre sur la vallée de Chamonix.

En bas de la vallée, à Saint-Gervais-les-Bains-le-Fayet – le terminus du TER –, les voyageurs ont la possibilité de prendre des correspondances vers Genève, Chambéry, Annecy, Lyon ou même Paris. Le Tramway du Mont-Blanc prend son départ de l'autre côté du parvis de la gare.

Le Tramway du Mont-Blanc : le TMB

Sa construction laborieuse, entamée au début du xxe siècle, cessa brutalement en 1914, au lendemain de la déclaration de guerre. Les ingénieurs avaient prévu de relier, à travers pierriers et glaciers, le sommet du mont Blanc – d'où le nom du tramway – à la vallée. Le lieu où les ouvriers avaient troqué leurs pioches contre des armes, le Nid d'Aigle, est une étroite plateforme peu propice à l'établissement d'une station. Par la force des événements, l'arrêt du Tramway du Mont-Blanc s'y perche. Un terminus de fortune : les rails s'interrompent dans la pente au milieu des pierriers.

Le jour de mes huit ans, oncle Ajzik me propose :
« Je t'emmène au sommet du mont Blanc ?
— Au sommet-sommet ?
— Au Nid d'Aigle. »

Promeneurs et alpinistes se retrouvent au terminus du tramway. Notre aventure s'arrête là, alors que les grimpeurs vont affronter dix heures de marche, de souffrance et de plaisir. Au bout, l'euphorie de la victoire sur la montagne et sur soi-même.

« Quand tu seras plus grand, tu iras, toi aussi. »

Au cours des années, les trois trains du TMB ont changé de couleur. Les motrices rénovées arborent fièrement les prénoms féminins. Le temps d'acheter les billets, nous entendons le chef de gare siffler et nous admirons *Jeanne*, dans sa magnifique livrée rouge bordeaux, qui défile devant nous et entreprend son ascension dans un vrombissement typique des vieux trains. Nous attendons notre prochain train à prénom. J'espère que ce sera *Marguerite*.

Une vingtaine de minutes plus tard, une motrice vert sapin entre dans la gare, tonitruante. *Anne* nous transporte au Nid d'Aigle. J'escalade le marchepied, le train se met en branle peu après. Assis sur des sièges en bois qui font mal aux fesses, nous traversons d'abord le village du Fayet avant de monter à travers une petite forêt vers le col de Voza.

« À ton avis, elle est de quelle couleur, *Marguerite* ? »

Mon oncle marque un temps.

« Elle n'a pas de couleur, Marguerite.

— Mais le troisième train ? Il a forcément une couleur ! »

Il reste silencieux encore un moment. En atteignant le col, le rail se dédouble là où les trains se croisent. Nous nous arrêtons. Enfin, la dernière motrice descend. *Marguerite* est bleue. Le visage d'oncle Ajzik s'illumine. Il lance :

« Bleu ! »

Une belle couleur océan. Sur le replat, les trains se croisent. Stupéfait, je lis : MARIE.

« Marie ? Oncle Ajzik, ils se sont trompés ! »

Les lettres d'or sur les wagons bleu foncé de *Marguerite* me laissent perplexe. MARIE. Trois ans plus tôt, le mécanicien en uniforme chargé de réparer la motrice en panne, lors de ma première excursion au Nid d'Aigle, m'avait induit en erreur : la force des cinq lettres peintes s'impose à moi. Je me vois contraint de gommer de ma mémoire la légende transmise par l'employé ferroviaire, et qui est fausse. Le train s'appelle *Marie*. L'inscription ne laisse nulle place au doute. Elle exige une bifurcation mentale, un nouvel aiguillage : je dois laisser de côté mes souvenirs et prendre la voie de la vérité. La motrice bleue s'éloigne et nous continuons notre ascension vers Bellevue puis le Nid d'Aigle. Encore troublé, je ne peux me résoudre à cette nouvelle réalité. Une inscription sur une vieille locomotive électrique ne changera pas mes convictions.

Je lirai, plus tard, dans un article du *Dauphiné libéré*, la généalogie du propriétaire du TMB. Père de quatre garçons et quatre filles, il nomma ses motrices du nom de chacune de ses trois premières filles. Jeanne, Anne et Marie. Il ne fit pas l'acquisition d'une quatrième motrice, faute d'argent. L'existence ferroviaire de Marie-Marguerite fut donc compromise. Dans mon esprit, la locomotive *Marie* était aussi celle de Marie-Marguerite, et le mécanicien avait commis une demi-erreur. Les quatre garçons Thomas, Dominique, Ambroise et Jérôme, resteront inconnus des voyageurs du mont Blanc.

S'il est insolite de prénommer des trains comme des êtres vivants, est-il raisonnable de ne pas nommer un enfant mort-né ?

Mary, l'assistante d'anglais canadienne, racontait de nombreuses histoires sur son pays et négligeait les leçons de langue. Mes parents prirent la décision de m'envoyer un mois en mode immersif chez les Roberts, une famille d'accueil de Beccles, dans le comté du Suffolk. Un moyen sûr, selon eux, d'améliorer mon niveau d'anglais. À peine les présentations faites et une visite éclair de la maison, j'eus le privilège d'assister à l'enterrement de Honey, le hamster de la famille. Celui-ci, ayant trop couru sur la roue d'exercice de sa cage, avait été foudroyé par une crise cardiaque. Il gît, entouré de coton démaquillant, dans une boîte à chaussures. Une croix de bois est collée à l'extérieur du couvercle. Sur l'envers, je distingue l'emblème de Manchester United. Mark, le fils de la famille du même âge que moi, m'explique :

« *Honey was anglican and hated Arsenal.* »

Mon niveau d'anglais me permet de comprendre la phrase, mais je vois mal comment un enfant peut affirmer : 1) que le hamster était religieux, 2) qu'il détestait une équipe de foot et que, par-dessus le marché, 3) il avait été prénommé sans avoir les facultés physiologiques pour répondre à son nom mielleux.

Les parents affichent une tête lugubre. Sont-ils sincèrement affectés ou de nature sinistre ? Leur air favorise une atmosphère de deuil familial pesante. Après avoir recouvert de terre la boîte à chaussures déposée dans un trou déjà creusé, une autre croix fabriquée avec des cageots est érigée sur la terre retournée. On lit, écrit en lettres capitales au marqueur noir: Honey Roberts - 1996 - 1998. Quel hamster privilégié! Son patronyme est désormais inscrit sur une tombe dans un *backyard*[1] de Ringsfield Road, à Beccles, dans le comté de Suffolk, Angleterre. Charlotte, la grande sœur, nommée en hommage à Charlotte Ives, une amoureuse de Chateaubriand – qui vivait aussi à Beccles, durant le séjour de l'écrivain en exil –, est fière de me dire que l'origine de son prénom figure dans les *Mémoires d'Outre-tombe*, livre 10, chapitre 9. Grâce au titre du livre, elle sait que « *tomb* » en anglais vient du français, et qu'en français, le mot vient du verbe « tomber » alors qu'en anglais, il n'a pas ce sens-là. Les pleurs de Mark cessent, mais le garçon demeure mélancolique : il a perdu son confident, inconditionnel comme lui de Man Utd et qui, en matière de secrets, était une tombe.

1. Arrière-cour.

Quand ils n'ont pas d'animaux à nommer, les enfants donnent un nom à leurs plantes de compagnie. Ils peuvent leur parler, et elles peuvent devenir de silencieuses confidentes. Quant aux astronomes, ils numérotent les astéroïdes nouvellement détectés avant qu'un Comité de nomenclature des petits objets du Système solaire choisisse le nom d'une personnalité et l'inscrive au firmament. Les biologistes, les aventuriers, les explorateurs nomment leurs découvertes. La première occurrence de l'appellation « *Mont Blanc* » date de 1742. L'auteur est le même Pierre Martel qui avait popularisé le nom *Mer de Glace*. Avant cette date, le mont Blanc faisait partie d'un ensemble appelé *Glacières*. Sur internet, l'étymologie est retracée jusqu'à « *blîn* », un mot ligure signifiant « sommet ». Cette civilisation du nord de l'Italie occupait la région il y a plus de trois mille ans. Ces noms donnés aux montagnes sont des oronymes. Par association de sons, je pense à *onirique*, *oraison*. Oraison funèbre.

Chapitre 3

> La vie sans musique est tout simplement une erreur, une fatigue, un exil.
> (*Das Leben ohne Musik ist einfach ein Irrtum, eine Strapaze, ein Exil.*) »
>
> Friedrich NIETZSCHE,
> *Lettre à Peter Gast*

« À toi, Rien-du-Tout », lancé-je à mon camarade imaginaire avec lequel je joue à la bataille corse.

Le principe du jeu : retourner successivement les cartes des deux paquets et les disposer au centre. Lorsque deux cartes identiques se révèlent, le premier joueur les couvrant de sa main s'en empare. Quand un joueur n'en a plus, il perd la partie. Je manipule à moi tout seul les deux tas. Ma main droite me représente. Ma gauche, Rien-du-Tout. Je gagne toujours, au prix des heurts et griffures de mes doigts fébriles quand ils s'entrechoquent, gauche, droite, gauche, droite. Plus mes gains augmentent, plus la douleur s'accentue.

Au Monopoly, le vainqueur a moins besoin de réflexes que de chance. Quand Rien-du-Tout implante un grand nombre d'hôtels dans les beaux quartiers, je suis impuissant face au coup du sort. Les dés l'ont favorisé. Il va rafler la mise.

Rien-du-Tout est-il un garçon ou une fille ? Je l'ignore. Il est né le même jour que les jumelles. Il est leur frère invisible, et le mien. Je lance les dés à la place de mon compagnon fidèle. Un double as. Un et un. Lui et moi. Nous formons une paire alors que je suis seul.

À la naissance de mes deux sœurs, à la naissance des jumelles, Marguerite n'a pas crié. Elle n'a pas pleuré. Elle n'a pas souri. Inerte, elle n'a su faire qu'une seule chose. Elle le fit si bien, avec une telle puissance, que cela lui est resté collé pour l'éternité. Elle a joué la musique du silence, du silence absolu. Un silence si puissant qu'il a rempli d'un vide son prénom. Un petit bracelet de naissance vide. Une étiquette sur le berceau restée vide. Un nom, non donné.

Marguerite n'a pas été nommée.

Longtemps après sa mort, j'ai cherché cette sœur invisible. Je l'avais attendue. Je l'avais fantasmée. Je lui avais trouvé son prénom. Toute cette attente, et rien. Si bien que j'ai créé un personnage imaginaire pour tenter de compenser l'absence. Ce personnage imaginaire avec lequel je joue. Ce Rien-du-Tout.

Enquêter sur une disparition n'est pas aisé. Le faire sur une absence d'apparition est d'autant plus compliqué. Comment enquêter sur un être sans existence ? Sans tombe. Sans prénom. Sans inscription dans le livret de famille. Peut-il y avoir une existence sans vie ? Les non-nés ne meurent jamais. Peut-on en faire le deuil ? Peut-on même dire qu'ils sont morts ? Peut-on dire qu'elle est née ? Y a-t-il deuil si une vie n'a pas existé ? Je cherche des repères, sans succès. Aucune trace, rien. Rien du tout ? Presque rien. À peine, lors des anniversaires des jumelles – célébration d'une vie et oraison funèbre tout à la fois –, un courant d'air, une ombre portée sur le visage de la survivante, celle qui souffle les bougies des années.

Ai-je recherché la gémellité dans ma vie amoureuse, plus tard ? Entre quinze et vingt-cinq ans, j'ai vécu pas moins de quatre histoires d'amour avec des femmes nées avec une sœur jumelle. Ce chiffre me stupéfia quand j'appris la statistique : moins de 1 % des grossesses donnent naissance à des jumelles.

La gémellité se rappelle à moi partout où je me trouve. À Chamonix, j'utilise des jumelles quand je guette chamois et alpinistes sur les pentes. Les Twin Towers de New York, les Petronas de Kuala

Lumpur, les Mercuriales de Bagnolet m'interpellent. Les pancartes des villes jumelées me font sursauter. Chamonix et Courmayeur, qui sont aussi des villes jumelles, en sont un exemple. Souvent l'une des jumelles prend le dessus sur l'autre : San Diego écrase Tijuana, Athènes, Le Pirée. Buda a si bien phagocyté Pest que les deux villes ont fusionné. Les « *twin beds* » des hôtels, ou bien l'ensemble vestimentaire « *twin set* » sont autant de rappels qui frémissent en moi. Même la Twingo fait écho, alors qu'elle n'a pas de double.

J'ai mis du temps à réaliser qu'à la simple question : « Combien de frères et sœurs avez-vous ? », je répondais : « Une sœur », tout en exhibant le pouce et l'index, à la manière des enfants quand ils comptent sur leurs doigts.

Ma sœur célèbre ses vingt et un ans demain. Sur son bureau blanc est posée l'attestation de la journée d'appel à la défense (JAPD).

« Tu as vu, ils ont écrit DEUXIÈME JUMELLE. L'officier m'a demandé : "Votre sœur jumelle est-elle déjà passée ?" »

Maintes fois, la question du métier qu'aurait exercé Marguerite m'a traversé l'esprit. Sa sœur, la survivante, se destine à une carrière de cheffe d'orchestre. Le hasard du calendrier fait coïncider son anniversaire avec la date du concours du Conservatoire national supérieur de musique de Paris. Cette année, l'événement estompe de son visage l'ombre portée rituelle de son anniversaire.

Elle rentre euphorique de chez Paul Beuscher, le grand magasin de musique de la place de la Bastille. De son sac, elle déballe un étui en bois verni d'environ quarante centimètres de long, de forme longitudinale. La mine exaltée, elle ouvre la boîte. Un sourire énigmatique aux lèvres, elle se saisit de l'instrument : une baguette de cheffe d'orchestre. Tel un aigle fixant un point lointain inexistant, bien au-delà des dimensions de sa chambre, elle prend une inspiration bruyante, déclenche un mouvement d'épaule, et d'un coup de poignet galvanise un orchestre symphonique imaginaire dans la salle d'une scène nationale. À peine ai-je le temps d'identifier le morceau choisi que d'un air satisfait, après avoir pris soin de faire taire l'ensemble invisible, elle repose l'objet sur son bureau : blanc sur blanc, sauf à l'une de ses extrémités où une sorte de bouchon de liège le termine. Sa fonction est d'assurer la tenue de la main. Ce bouchon sur son bureau m'amuse, ma sœur ne boit pas d'alcool. Elle s'enivre autrement.

Les candidats au concours de chef d'orchestre du CNSM affrontent deux épreuves. Sur la centaine de postulants, dix passeront le premier tour. Un seul, soit 1 %, sera sélectionné et aura la satisfaction de suivre la formation. La probabilité est similaire à celle des naissances gémellaires.

Lors du premier tour du concours, les candidats dirigent un chœur. S'ils se qualifient au second tour, ils seront le chef d'un orchestre d'une douzaine d'instrumentistes. L'épreuve de cette année-là est le *Concerto de chambre* de Ligeti. Ma sœur brandit la partition. Je m'étonne de la voir si peu gribouillée. D'habitude, si elle doit se concentrer, elle orne ses partitions de fleurs qu'elle dessine avec des gestes compulsifs.

Elle dit :

« Tu ne peux pas comprendre grand-chose à ce concerto, surtout quand tu l'entends la première fois. Dès le départ, les cordes grincent en frottant sur le chevalet. Ce côté disgracieux volontaire est caractéristique de certains compositeurs contemporains. Ensuite, il est intitulé "*Concerto de chambre*" et non "*Concerto pour tel ou tel instrument*" car les treize instrumentistes ont une importance équivalente. Aucun d'entre eux ne prend le dessus. Ligeti l'a voulu ainsi : tout le monde est à égalité. Une sorte de mise en musique de la *Déclaration universelle des droits de l'homme*. Les humains sont supposés être libres et égaux (en droits) ! Son concerto est une métaphore de la vie utopique. Aucune superstar ne focalise l'attention au détriment des autres. »

Elle ajoute avec malice :

« Le *Concerto pour violon* de Mendelssohn est à l'opposé. »

Elle connaît ma relation intime avec cette œuvre ; j'en ai enregistré chaque note avec la même précision que le tracé du réseau ferroviaire de la vallée de Chamonix. Je sais avec exactitude le cheminement des trains, et pas seulement leur destination. Je ne peux ouvrir les yeux sur un détail du paysage sans l'associer à une image, un point sur la carte, un nom : chaque grincement de rail, chaque sonnerie de barrière qui se ferme, chaque toit neigeux, chaque piste discrète qui s'évanouit dans l'ombre des conifères… Dans ce train, mes sens me hurlent que je ne suis pas un étranger.

Le thème d'ouverture du concerto de Mendelssohn s'apparente à la montée vers le viaduc Sainte-Marie : depuis les arches de briques centenaires qui enjambent l'Arve se dévoile crescendo la violente beauté des sommets. Puis les langues de forêt et de glaces se succèdent entre Taconnaz et les Bossons, comme alternent les énoncés du thème principal entre le soliste et l'orchestre. Quand le violoniste finit sa *cadenza*, et que les vents de l'orchestre prennent la suite, il ne peut plus lutter face à la brise qui se transforme en bourrasque et l'emporte. Le chef lance le *tutti*. Les instruments entonnent un feu d'artifice aux couleurs de la neige, quand elle est revêtue d'orange et de rose, à l'heure du soleil couchant.

« Toi aussi, tu aimes le Mendelssohn ! répliqué-je en me glissant sur le banc à ses côtés. Qui n'aime pas le Mendelssohn ? Enfant, tu marchais toute seule dans ta chambre en l'écoutant en boucle, tu mimais le chef d'orchestre avec une tablette de chocolat en guise de baguette.

— Écouter de la musique en mangeant du chocolat, c'était ma façon de réfléchir et d'apprécier les morceaux. Nietzsche disait que "*les seules pensées valables viennent en marchant*". Moi, je médite en chocolatant. Aujourd'hui, je ne consomme plus de cacao, j'ai taché trop de partitions, et puis j'ai changé ma vision de la musique : elle doit s'écouter à plusieurs. J'aimerais te prouver que Ligeti peut te plaire, malgré son côté désarçonnant. D'accord, le violon n'est pas au centre, et le début est complètement cacophonique. »

Elle lance les premières mesures du morceau pendant que mes yeux suivent la partition. Les dessins compulsifs de fleurs dans les marges me manquent. L'écriture est très aride : les treize instruments ont chacun leur propre portée, et les deux claviéristes en ont deux chacun (chaque main sa portée). Le nombre de portées par page est prodigieux et donnerait des sueurs froides à n'importe quel musicien confirmé car il s'agit de suivre quinze lignes en simultané. Treize personnes, quinze lignes.

Je lis la composition de l'orchestre sur la nomenclature.

« Tu as barré et remplacé la désignation des instruments par le prénom des instrumentistes ?

— Oui, par souci de facilité. Ils sont treize, ils jouent en tout sur dix-neuf instruments différents. Je préfère me référer à leur personne : elle est immuable alors que leur rôle dans l'orchestre est évolutif. Contrairement à la plupart des formations classiques, ici chaque instrument est unique : il y a un seul violon, une seule clarinette, une seule flûte, etc. Certains musiciens se dédoublent et jouent de plusieurs instruments. Quand la hautboïste, Camille, change d'instrument et joue du hautbois d'amour, je mets un cœur sur la partition. Quand elle passe au cor anglais, j'inscris le signe de l'angle droit. Il n'a rien d'anglais, ce cor avec un angle. Un seul prénom, deux instruments. Domitille joue du piano et du célesta. Par endroits, dans la partition, le changement d'instrument est très rapide : une demi-seconde. L'instrumentiste pivote d'un angle droit sur son tabouret et se tourne sans me quitter des yeux. L'autre claviériste, Margarita, est au clavecin et à l'harmonium. Les deux paires de claviers sont disposées perpendiculairement de manière qu'elle puisse passer de l'un à l'autre avec dextérité.

— Marguerite ?

— Je savais que son prénom te plairait. Elle est lituanienne. Là-bas, toutes les femmes s'appellent Margarita. Mais elles ne sont pas toutes musiciennes et fans de football. Ligeti et le Žalgiris Vilnius font vibrer *ma* Margarita.

— Un club de foot de cinquième division ?

— Et qui joue dans un stade construit dans les années cinquante par les Soviétiques sur un cimetière juif. J'ai appris de Margarita qu'après la guerre, les tombes n'avaient plus de famille car les descendants des défunts étaient eux-mêmes décédés : ils avaient été exterminés dans les forêts alentour par les Lituaniens qui obéissaient aux ordres de quelques SS. Les Soviétiques l'ont remplacé par un complexe immobilier. À Paris, des bâtiments de bureaux ont remplacé le Vel d'Hiv. Les journaux *Le Parisien* et *Les Échos* y ont maintenant leur siège. »

La Lituanie et la France ont chacune géré l'identité originelle de ces lieux à leur manière. À Vilnius, le passant ou le supporter de football n'a aucune chance de connaître l'historique du lieu sans faire des recherches d'archives. En France, une immense plaque commémorative est apposée sur la grille de l'entrée du bâtiment de bureaux, au 10, boulevard de Grenelle. À une occasion, je devais donner la clé de la maison de Chamonix à un journaliste du *Parisien* qui louait la maison avec sa famille une semaine pendant l'hiver. Je lui ai parlé de l'inscription gravée à l'entrée de l'immeuble de bureau dans lequel il se rend tous les jours. Il ne l'avait jamais remarquée.

Avant la création du mémorial parisien de la Shoah dans le Marais en 2005, la cérémonie annuelle commémorative des déportés juifs de France avait lieu face au métro aérien à la station Bir-Hakeim, à proximité immédiate de l'emplacement de l'ancien Vel d'Hiv. Les déportés étaient énumérés, un à un, à l'aide de haut-parleurs. Quand la victime avait moins de seize ans, on en précisait l'âge. L'énumération s'étalait sur vingt-quatre heures. Pendant cet intervalle, hommage était rendu à la moitié des déportés, tant la liste était longue. La deuxième moitié est honorée l'année suivante. La commémoration biennale a tenu lieu d'unique sépulture jusqu'à ce que les patronymes soient gravés sur un mur en pierre en 2005. Ces personnes réduites à leur seul numéro tatoué sur leur bras ont pu ainsi retrouver leur nom. Ces gravures de noms sur pierre plutôt que de numéros sur peau leur redonnent, un peu, l'humanité dont ils ont été spoliés.

Sur la partition de Ligeti, je lis à nouveau les treize prénoms de la nomenclature. Treize cœurs à faire battre. Comment va réagir la cage thoracique de ma jeune sœur ? Personne ne peut avoir tant de cœurs.

Personne sauf elle. Une part d'elle doit compenser l'absence de sa jumelle. Mon autre sœur ? Est-ce une sœur si je ne peux pas la nommer ?

Le métier de chef d'orchestre lui correspond. Elle referme la partition, contente de la leçon de vie prodiguée. Sachant que je pars à Chamonix, elle conclut :

« Tu sais que l'orchestre des pays de Savoie a fêté ses trente ans sur le mont Blanc ? Ils y sont montés à trois musiciens. Un hautboïste, un clarinettiste et un bassoniste. N'aie pas de regret, les cordes d'un violon n'auraient pas tenu dans le froid ! L'initiative est étonnante : quel est le public en haut du mont Blanc ? Les edelweiss ? D'un autre côté, être les seuls à être montés jusque-là avec leurs instruments, ça doit donner un sentiment de fierté épatant. »

Elle s'immobilise un instant, rêveuse, avant de me chasser de son banc.

« Laisse-moi travailler mon concerto. J'ai tous ces prénoms à diriger et à faire vivre ensemble malgré eux. »

Je quitte la pièce en jetant un dernier coup d'œil à la partition gribouillée et au document officiel du ministère de la Défense qui mentionne qu'elle est la « deuxième jumelle ».

Chapitre 4

Mon caveau de famille, hélas n'est pas
tout neuf
Vulgairement parlant, il est plein
comme un œuf
Et d'ici que quelqu'un n'en sorte
Il risque de se faire tard et je ne peux
Dire à ces braves gens « Poussez-vous
donc un peu »
Place aux jeunes en quelque sorte

Georges Brassens, *Supplique pour être enterré à la plage de Sète*

Que dit la loi sur l'identité des enfants mort-nés ? Quelles sont les coutumes ?

Chez les juifs, les enfants sont intronisés lors d'une cérémonie de présentation, un mois après la naissance des filles et huit jours après la naissance des garçons, au moment de leur circoncision. Avant d'être nommé, l'enfant est supposé ne pas exister.

Chez les catholiques, les âmes des enfants morts avant d'être baptisés voyagent dans les limbes, un endroit isolé entre le paradis et l'enfer d'où on ne s'échappe pas.

En France, la loi du 8 janvier 1993 dispose que si l'enfant décède avant sa déclaration à l'état civil, soit il est *né vivant et viable, alors il doit être nommé, inscrit et la famille bénéficie des droits sociaux liés à une naissance.* Soit il est mort-né, ou né vivant non viable, et dans ce cas il n'a pas de *personnalité juridique.* Il peut, à la discrétion des parents, être mentionné dans le livret de famille. La froideur des descriptions législatives anesthésie la douleur des questions, sans les penser ni les panser.

Nous sommes à Bagneux, dans un des « *jardins de pierres* » de la banlieue parisienne que chante Barbara. Car oui, à Paris, tout le monde n'est pas enterré à Montparnasse, à Montmartre ou au Père-Lachaise. Six autres cimetières enserrent la capitale : Bagneux, Ivry, La Chapelle, Pantin, Saint-Ouen et Thiais. Avant le décès de mon oncle Ajzik, je n'avais jamais assisté à un enterrement.

« Il y a un âge pour vivre et un âge pour mourir », murmurent mes parents en guise de consolation.

Au cimetière parisien de Bagneux, nous nous rassemblons dans le carré où aura lieu l'inhumation. Un violoniste interprète le *Nigun* d'Ernest Bloch et le

Kol Nidrei de Max Bruch. Le ciel s'éclaircit, un peu. Ajzik affectionnait ces morceaux, assez peu de circonstance. Ils égayent bien plus cet instant que la *Marche funèbre* à laquelle les grands arbres du cimetière sont habitués. L'assistance, dans sa majorité, affiche une tristesse excessive en essuyant des larmes invisibles. Quatre hommes endimanchés descendent le cercueil au fond du caveau des partisans de Smolensk. Ajzik rejoint ainsi ses amis communistes révolutionnaires originaires de son village russe. Ils avaient tous choisi d'immigrer en France.

Ceux qui connaissent le kaddish, la prière des morts, le chantent, en le lisant sur un petit livret distribué par le maître de cérémonie. L'assemblée se dissipe plus rapidement que les nuages qui s'agrippent aux murs rugueux de *la Maison des vivants*, cet endroit où l'on raconte les vies de ceux qui nous quittent.

J'ai toujours su que le petit corps de Marguerite avait été enterré dans une fosse commune du cimetière de Thiais, au sud-est de Paris. « *Fosse commune* » est un mot abstrait et concret tout à la fois. L'idée d'aller sur place m'a traversé l'esprit de nombreuses fois, mais les raisons d'entreprendre ce voyage me manquaient.

Ma première visite à Thiais m'a été plus tard imposée par l'administration française. La ville sert de centre d'examen du permis de conduire. Marguerite m'a déconcentré pendant toutes les manœuvres de l'épreuve, jusqu'au dernier test : un créneau serré à l'entrée du cimetière. Une fois les roues bien parallèles aux lignes blanches de l'emplacement pointé par l'examinateur, il me demande de quitter l'habitacle le temps de remplir son formulaire à multiples cases. Dehors, il bruine. Intimidé, j'ai l'impression d'être dévisagé par l'imposante arche scellant l'enceinte. Je m'approche et elle me donne le sentiment de m'inviter à entrer. Rappelé à l'ordre par les coups de klaxon impatients de l'examinateur, je rentre dans la voiture, luisant d'humidité, et dis tout haut en m'installant au volant :

« Un jour, je reviendrai ici. »

L'examinateur, croyant que je m'adressais à lui, répond :

« Vous voulez repasser le permis ? »

Je démarre en silence. La conviction que je dois y retourner s'impose à moi sans que je puisse l'expliquer. Que verrai-je, puisque la tombe de Marguerite n'est pas marquée ? Puisqu'elle n'a pas de nom ?

Six ans plus tard, j'explore le cimetière de Thiais sans autre motif qu'un sentiment de deuil inachevé. À l'accueil, le gardien me tend un plan :

« Il y a plus de cent hectares. Ne vous perdez pas. »

Je commence une longue marche sous la pluie. Il pleut sans cesse sur les cimetières. Ma destination :

le carré 94, au croisement de l'avenue M et de l'avenue H. Sur le plan, la surface du carré est hachurée en forme de damier. La légende indique avec sobriété : Division des décès périnataux. L'administration peine à trouver les mots. Les parents endeuillés ont rebaptisé ce lieu « *le Carré des Anges* ». Derrière l'allée bordée de marronniers, de tilleuls et de platanes s'étend une vaste pelouse cachée par des arbustes qui lui servent de haie protectrice. Je m'attendais à des gémissements d'outre-tombe, des murmures alanguis, mais je n'entends aucun bruit. Sur l'herbe tondue sont disposées en ligne et de manière géométrique de toutes petites pierres tombales, à peine plus larges qu'un archet de violon, des petits *rien-du-tout*. Toutes les allées convergent au centre du carré, vers quelques autres arbustes et une stèle sur laquelle on lit : Jardin du souvenir. Là, les proches ont déposé des doudous, petits bonnets, bracelets de naissance et peluches. Ces monticules de cadeaux rappellent en moi les amas d'objets des camps d'extermination dans lesquels beaucoup d'anges étoilés ont péri. Je sors de ma poche le livret de l'enterrement d'Ajzik et je déchiffre le kaddish. Proche du monde des morts, je mets le divin de mon côté en énonçant la prière : on ne sait jamais. Autour de la stèle, aucune liste de noms. Aucune individualisation de ces êtres déjà dans l'au-delà. Juste une pierre dont la portée symbolique est rassurante. Elle était là, et elle sera là longtemps. Cela m'épargne la peine de chercher parmi d'autres un prénom qui n'existe pas.

En quittant le cimetière, je me rince les mains avec soin. D'une petite fontaine verte, j'amorce la pompe et fais couler l'eau, brisant le silence du lieu. Dans les jardins de pierre, la fontaine sépare le monde des morts et celui des vivants. La sensation de l'eau glacée ruisselante sur mes mains me saisit et me ramène à la vie.

Chapitre 5

L'orage rajeunit les fleurs.
Charles Baudelaire, *Madrigal triste*

J'ai vu le mont Blanc sous toutes les couleurs. En se couchant, le soleil colore ses neiges dites éternelles de reflets roses ou orange. Si un peintre voulait lui tirer le portrait depuis la vallée, il utiliserait peu de blanc. La montagne joue avec une avalanche de nuances. Une fois le soleil couché, des reflets bleutés la colorent. De plus haut, depuis le hublot d'un avion entre Florence et Paris, la chaîne du mont Blanc apparaîtrait bien fragile avec ses neiges liquéfiées. Le soleil les consomme discrètement depuis si longtemps que son manteau neigeux n'est plus qu'un simple pardessus. Il est moins éclatant, et un jour, une déchirure fera tomber un bout du glacier. L'artiste perché dans l'avion n'utiliserait que du noir de campêche et de l'eau sur son papier d'aquarelle.

Alors que la montagne est immobile, on a l'impression qu'elle est vivante. Elle bouge. Si on s'y presse, elle bondit, fait des soubresauts de chamois. Pendant des jours entiers, elle peut se cacher dans une brume si dense qu'un étranger à la vallée n'imaginerait pas tant de beauté derrière cette masse épaisse, blanche ou grise, qui installe un froid désagréable et ne donne qu'une envie : fuir. En danseuse capricieuse, elle peut faire défiler une myriade de nuages différents. Elle accompagne son ballet de la musique du silence, pour peu que l'on s'éloigne suffisamment de la vallée, des moteurs de voiture, des déneigeuses ou des tondeuses selon la saison, et du train rouge de la Mer de Glace qui fait entendre son sifflement dans toute la vallée.

Aguicheuse, la montagne change d'accoutrement plusieurs fois par jour. Tantôt taciturne, tantôt exubérante, elle s'habille, se pare d'un nuage en guise de chapeau. Les anciens disent que si le nuage est à gauche du mont Blanc, des intempéries se déclencheront le lendemain. J'en avais déduit qu'il était de mauvais goût de porter le chapeau à gauche. Le mont Blanc perd souvent son couvre-chef et s'expose.

Le profil de la montagne change, selon les sentiers. Les illusions d'optique se multiplient, et de certains points de vue, on a l'impression que le mont Blanc n'est pas toujours le plus haut sommet de la chaîne. Enfant, je préférais le dôme du Goûter, à deux kilomètres à l'ouest. Arrondi et blanc, il est identique à la coupole du mont Blanc, sa montagne jumelle. Depuis la vallée, il paraît beaucoup plus haut à cause de sa plus grande proximité et il porte, selon moi, le nom du meilleur repas de la journée.

Malgré les coups de soleil violents qui abîment les hautes montagnes chaque jour davantage, je reste sage et ému en voyageur de passage perdu entre la splendeur du paysage, sa fragilité, et mon impuissance. J'aperçois le petit nuage. Il est beau le mont Blanc en habit rose, avec son chapeau… Le lendemain, il pleut toujours.

J'ai contemplé ma belle montagne sous tous les angles et par toutes les saisons. À force de l'observer s'habiller et se déshabiller sans cesse, le charme opère, je suis séduit. On ne peut pas venir dans la vallée plusieurs fois par an sans caresser le fantasme de l'escalader. Parmi les vacanciers réguliers et les habitants, ceux qui l'ont « *fait* » ne sont pas si nombreux. « *Faire le mont Blanc* ». Quelle prétention. Voilà une expression vide de sens. Il est bien là. *On ne fait pas* le mont Blanc. Au mieux, on en fait l'ascension. On essaie de l'amadouer, de l'apprivoiser.

L'été de mon admission en classe préparatoire HEC, je néglige mes cours et pars à Chamonix. Après avoir passé la nuit sur une couchette entre Paris-Austerlitz et Saint-Gervais-les-Bains-le-Fayet, puis dans le petit train régional aux couleurs de la Savoie ou de la Suisse, me voici d'attaque. Je note sur la couverture d'un carnet rouge vif mes avancées scolaires : PRÉPA MONT BLANC. Dans mon état d'esprit, si j'accède au sommet, j'intégrerai la meilleure école. L'équation est imparable.

Le dénivelé entre le Nid d'Aigle et le mont Blanc est de 2400 mètres. Il est impératif de les parcourir, montée et descente, sans être essoufflé, en douze heures. Quand j'y parviendrai, je pourrai louer mes crampons et réserver le guide. Chaque jour, pendant près de deux semaines, ma randonnée est plus longue que la veille. Ma progression est tracée sur un tableau dessiné à la main dans le petit carnet rouge. Tous les détails y sont transcrits : le nom de l'excursion, la durée de la montée, de la descente, les altitudes maximales et minimales, et la différence entre les deux. En douze jours, ma progression est passée de la cascade du Chapeau (500 mètres de dénivelé) à la montée au refuge de Tête Rousse depuis le village des Houches (2 100 mètres de dénivelé). Après avoir gravi la montagne, d'abord sous les câbles du téléphérique des Houches, puis le long de la voie ferrée du TMB, j'accède à la gare du Nid d'Aigle : voici le petit tunnel pentu. Pas de train à l'arrêt. Pas de *Marguerite* à l'horizon. Le chemin jusqu'à Tête Rousse est un avant-goût de ce qui m'attend le jour d'après. Avec le guide, nous referons le même sentier en allant plus haut.

Le lendemain, il ne se passe rien. Le guide, attribué par défaut parmi ceux qui sont disponibles ce jour-là, a préféré annuler l'excursion faute de météo favorable. Il choisit, par prudence, de me proposer l'escalade du Breithorn, à la frontière entre la Suisse et l'Italie. Cette montagne m'est inconnue.

Dans un *Topo* des randonnées du Valais, ce canton suisse aux multiples hauts sommets, je lis : L'ASCENSION CLASSIQUE DU BREITHORN EST L'UN DES ITINÉRAIRES LES PLUS COURANTS PERMETTANT DE GRAVIR UN SOMMET DE 4 000 MÈTRES.

Nous prenons la voiture jusqu'à Tasch. Une correspondance par un train-navette à crémaillère permet d'accéder à Zermatt, une station sans voiture. J'appréhende le contact avec ses habitants réputés plus snobs qu'à Chamonix, mais je suis intéressé par les différentes remontées mécaniques, en particulier le Gornergrat Express, le plus haut train à crémaillère d'Europe. Il monte jusqu'à 3 089 mètres d'altitude.

Le Breithorn n'est pas le mont Blanc. Le Breithorn a beau être d'une belle hauteur – il dépasse 4 000 mètres d'altitude – les difficultés techniques sont inégales. Les deux montagnes ne jouent pas dans la même cour.

Nous commençons l'ascension en utilisant le téléphérique du Matterhorn, qui nous mène de Zermatt à 3 820 mètres d'altitude. De là, la cime du Breithorn est atteinte en trois heures trente. La course est simple et sans saveur. Sur la plus haute crête, les paysages ont le goût de la déception.

À mon retour, je note dans mon carnet *Prépa mont Blanc* les informations techniques liées à la course du jour. Je suis insatisfait de cet ersatz d'escalade. La valeur symbolique est faible. En étudiant la carte du Valais, je m'étonne de voir qu'il existe non loin de là une montagne nommée le Weisshorn. *Weiss* signifiant *blanc* (Edelweiss, la noble blanche), et *horn* signifiant *corne* mais pouvant se traduire par *mont*, je me dis que parfois, la traduction littérale de certains mots est superfétatoire et la compréhension de certains noms d'autres langues, superflue. Un mont Blanc en France ; un Weisshorn en Suisse et non pas un deuxième mont Blanc en Suisse. Ainsi, chaque montagne existe-t-elle dans sa singularité – et dans la langue de son pays.

Après cet été-là, j'ai été infidèle à ma montagne blanche : le monde est vaste, une soif de découverte de l'Autre m'attire partout sauf dans cette vallée. J'enchaîne les voyages à l'étranger, à la recherche des altérités du monde, de paysages exotiques et de nouveaux visages, tout en maintenant un lien avec les montagnes : je les escalade à chaque fois que cela est possible. Morro Dois Irmãos, la colline des deux frères à Rocinha (Rio de Janeiro), le mont Sainte-Catherine dans le Sinaï, le mont Aragats en Arménie, la Table Mountain en Afrique du Sud, la forteresse de Massada dans le Néguev. Je gravis toujours la plus haute montagne des lieux qui me sont inconnus. Même si ce n'est pas un exploit, le faire me rend heureux. Je marche à travers les villes, j'explore les gares et analyse les différents trains et leur destination. Je saute d'un endroit à l'autre. Parfois en une seule journée, je peux traverser deux frontières. J'aime l'idée d'errer entre des pays, et je ressens davantage cette sensation quand je fais les traversées à pied.

Le train qui relie la Suède au Danemark fend le détroit d'Øresund sur un pont admirable. Sa structure prend appui d'un côté sur la Suède, de l'autre sur une île artificielle créée pour l'occasion. Dernière parade d'adieu aux Suédois, le train gris-métal survole la mer, et, au milieu de l'eau, s'engouffre dans un tunnel, cédant l'espace aérien au vol des avions qui décollent de l'aéroport de Kastrup. Vu du ciel, on dirait l'empreinte d'un monstre marin, laissant derrière lui un filet d'écume avant de plonger dans les profondeurs de la mer. Lorsque j'ai pris le train, je n'ai rien vu du spectacle, tout absorbé par un article du *Copenhagen Post* que le jeune Danois en face de moi avait laissé à la station précédente. J'y découvre l'importance de l'Église qui, encore aujourd'hui, joue le rôle d'état civil. L'usage, à la naissance d'un enfant, est de l'appeler *baby* (bébé en danois) ou bien *pige* (fille), *dreng* (garçon), jusqu'au baptême de l'enfant, vers ses six mois. Les sages-femmes danoises n'ont pas à exercer leur mémoire et à hésiter entre Hanne, Pia ou Jørgen et Lars : elles disent *baby*, *baby*, *baby* et *baby* ! Nulle erreur n'est possible. En revanche, comment ne pas les confondre s'ils ont tous le même sobriquet ? S'ils doivent être mis en couveuse ?

Les numérotent-ils ?

Au Viêt-nam, les parents donnent un pseudonyme aux nouveau-nés. Ils leur évitent ainsi d'attirer le mauvais œil. Si les enfants décèdent avant d'avoir reçu leur prénom définitif, leurs âmes sont condamnées à errer. Les Vietnamiens les célèbrent lors du Festival du Cúng cô hồn (*adorer son âme*), le quinzième jour du septième mois de l'année lunaire. Des banquets sont organisés dans le but de les apaiser. Les participants bien vivants de ces festivités en jouissent, et rendent hommage, dans la joie, aux enfants mort-nés, aux gens tombés sans sépulture le long des chemins ou en mer, aux sans domicile fixe décédés et aux autres morts oubliés. Ils sont tous célébrés une fois par an.

Les voyages s'intercalent entre mes études et des petits boulots.

Un été, je travaille dans une agence immobilière. Ma mission est de rechercher des informations sur les occupants d'immeubles. Leur identification facilite le démarchage de potentiels vendeurs. Le patron de l'agence me transmet sa stratégie.

« Vous allez pénétrer dans les immeubles, faire du porte-à-porte et interroger les gens. Je veux tout savoir, dans chaque bâtiment. Qui est proprio, qui est locataire, où vit le proprio du locataire, qui est mort récemment, qui divorce, comment va le petit dernier. Tout. En premier, vous récupérez le code. J'ai une méthode imparable : vous consultez les pages jaunes, vous choisissez un numéro de téléphone dans la résidence où vous souhaitez entrer et vous appelez. Si un homme répond, vous lui dites : "J'ai un colis à vous livrer." Si une femme décroche, ce sont des fleurs. Dans les deux cas, vous notez le code. La technique avec les fleurs, ça marche à tous les coups. Les femmes s'exécutent sur-le-champ, elles sont flattées. *Le corbeau et le renard*, de La Fontaine. Vous connaissez, vous, l'intello ? La reconnaissance, la flatterie, et l'oiseau baisse la garde. Il lâche le fromage. »

Mon patron n'hésite pas à me faire déclencher des fausses joies à des inconnus. Usurper l'identité d'un livreur, orchestrer la déception programmée d'un cadeau fictif en échange d'un code d'immeuble, porter des fleurs imaginaires, non merci.

Un autre été, j'endosse le costume de guichetier à la gare de l'Est. Les agents de vente sont formés dans des bureaux situés au premier étage de la gare. J'y accède par un escalier qui donne sur la balustrade avec une vue dégagée sur les voies ferrées. Sur le côté gauche des marches, une plaque de deux mètres sur trois, en forme de Tables de la Loi, et quatre autres plaques plus modestes, sont fixées.

Je passe chaque jour devant en y prêtant autant d'attention que les voyageurs pressés, c'est-à-dire aucune.

Désireux de me distinguer du journaliste du *Parisien*, indifférent à la plaque commémorative de la rafle du Vel d'Hiv apposée sur la façade du siège de son journal, je finis par les lire. D'abord la plus grande :

Aux cheminots du réseau Est morts pour la France

Sans date, on ne sait pas à quelle guerre elle s'applique. Elle est intemporelle. S'il devait y avoir un nouveau conflit, la plaque resterait valable. Elle est admirable d'imprécision.

Quant aux plus petites plaques, une première célèbre la mémoire des cheminots morts pendant la Première Guerre mondiale ; les deux autres évoquent les centaines de milliers de Français partis au Service du travail obligatoire en Allemagne.

Sur la dernière est inscrite cette phrase :

De 1942 à 1944, plus de 70 000 juifs de France dont 11 000 enfants ont été déportés des gares de Drancy, Bobigny, Compiègne, Pithiviers et Beaune-La-Rolande vers les camps d'extermination nazis. Seuls 2 500 d'entre eux ont survécu. N'oublions jamais.

À la lecture du nom de ces villes, je me figure des cimetières. Je les associe depuis toujours à la mort, malgré leur population bien vivante. Les wagons à bestiaux – les trains de la mort – ne partaient pas vers la Pologne depuis la gare de l'Est, mais au départ de ces petites villes anodines.

Je repense à la chanson *Donna Donna.*

On a wagon bound for market
There's a calf with a mournful eye…

Deux ans après *Donna Donna* de Joan Baez, Jean Ferrat écrivait *Nuit et Brouillard.*

Ils étaient vingt et cent, ils étaient des milliers,
Nus et maigres, tremblants, dans ces wagons plombés…

Ils sont partis vers l'Est. Quant à moi, je suis assis dans l'aile Alsace de cette gare, en chemisette blanche ornée du logo SNCF brodé sur la poche, et je vends des billets de train. J'envoie des gens vers l'Est en toute bonne conscience, dans de beaux trains, rapides et confortables, avec un bar, à boire et à manger, et dotés de portes à ouverture automatique. Des trains de vie.

J'éprouve un vrai plaisir à dénicher les bons parcours et à me projeter dans le voyage de mes interlocuteurs. Mes amis et ma famille viennent acheter leurs billets de vacances à mon guichet. Ma sœur prend un billet Paris Nord-Londres. Les clients sont hétéroclites : des hommes, des femmes, des familles. Ils font des affaires ou du tourisme.

Le guichet de cette gare me révèle les coulisses de l'immigration vers le Royaume-Uni. Là, des passeurs font l'intermédiaire entre leurs clandestins et les guichetiers. Ils préfèrent se procurer des billets de train Paris Nord-Calais à la gare de l'Est, qu'ils jugent moins surveillée que la gare du Nord. Ils prononcent Calais *Calaïs*. Devant mon incompréhension, le passeur écrit sur un papier le nom de la ville.

Un jour, un client allemand se présente à mon comptoir. Un bon père de famille : ses quatre enfants patientent en silence avec leur mère, un peu plus loin. Il me demande dans la langue de Freud :

« *Sechs Einweg Reisen nach Nürnberg bitte. Sechs! Zwei Erwachsene und vier Kinder. Ja ?*

— *Ja.* »

J'avais compris le nom de la ville, et j'avais vu le nombre de personnes.

« *Im Klassen Komfort, natürlich.* »

Nuremberg. Six allers simples Paris-Nuremberg, en première classe. Certains ont plus de chance que d'autres. Un sentiment d'angoisse s'empare de moi. Des perles de sueur coulent le long de ma colonne vertébrale ; ma chemisette blanche SNCF en est imprégnée. Nuremberg : la ville du procès, ou la ville du congrès ? *La ville de Pachelbel*, dirait mon professeur de musique. Tant d'harmonie, et tant d'infamie dans une même ville, dans tout un pays. J'y envoie une famille entière, en aller simple et en première classe.

En quittant mon poste ce vendredi soir, je lis distraitement sur un panneau bilingue en cyrillique et en français l'indication d'un train rare : Paris-Moscou Express. Paris-Berlin-Varsovie-Minsk-Moscou. En deux jours de trajet, ce train entreprend un changement progressif du monde par la traversée des frontières d'est en est (de l'est vers l'Est, dans de beaux wagons). D'est en Est. Ever Est. Quand j'aurai fait l'ascension du mont Blanc, j'irai en ces lieux plus à l'est. Jusqu'à l'Everest, qui sait ?

Le *Paris-Moscou Express* n'existe plus. Je ne l'ai jamais pris. Mes seuls liens avec la Russie sont mon oncle Ajzik et mon ami Gabriel. L'oncle Ajzik retraçait parfois son enfance à Smolensk, avant sa migration en France. Gabriel me fait voyager en Russie à travers les tableaux qu'il achète et revend : il est marchand d'art et spécialiste de la période symboliste russe.

Nous avons l'habitude de nous promener à travers tout Paris la nuit. La flânerie suit un circuit aléatoire, au gré des histoires des peintres russes ou de nos interrogations sur le sens de la vie.

Un soir d'été, nous avons rendez-vous sur le parvis de la sortie de la gare de l'Est, là où la place du 11 novembre 1918 et la rue du 8 mai 1945 se rejoignent. Les gens nomment l'endroit « le parvis de la gare » alors que ce pourrait être « le parvis de la guerre ». Ceux qui nomment les rues parisiennes ont décidé de faire de la gare de l'Est le point cardinal de la mémoire des deux grands conflits mondiaux. Les guerres étaient à l'Est. Les trains, envoyés vers l'Est. Les rescapés revenaient de l'Est.

Notre déambulation nous fait traverser le Paris du mois d'août vidé de ses habitants. Vers trois heures du matin, nous sommes place de la Convention.

« Petit, je voulais être architecte et biologiste. Concevoir des maisons chaleureuses et trouver les remèdes qui feraient qu'oncle Ajzik ne meure jamais. »

J'y repense. Quand je compris qu'Ajzik allait disparaître à jamais, j'eus si peur que je m'accrochai à la recette magique de l'immortalité qu'il m'avait donnée : quand je penserai à lui, il sera vivant dans mon esprit.

De quoi d'autre ai-je besoin ? Je compris bien plus tard que cette confidence n'était pas un cadeau : je devais le maintenir en vie en pensant à lui, coûte que coûte. Quand il sort de mon esprit, il meurt. Est-ce mon oubli qui le tue ?

Nous repérons sur un côté de la place de la Convention un carrousel. J'appuie sans conviction sur la poignée de sa cabine de pilotage. Elle s'ouvre. Nous n'avons plus qu'à nous glisser de l'autre côté de la bâche transparente. Derrière elle, un nouvel univers à explorer.

Après quelques essais dans le cockpit, nous devinons le fonctionnement du manège et le mettons en route dans l'obscurité et le silence. Nous ne tenons pas à nous faire remarquer. Tour à tour, chacun choisit sa monture. La mécanique se met en branle, sans bruit, lampions éteints. Gabriel pilote le manège et pousse le moteur à son maximum. Les chevaux s'emballent.

Au grand galop sur ma licorne ailée, je m'agrippe aux rênes et lutte contre la force centrifuge. Occupé à résister à la fin précipitée de ma carrière chevaleresque, je perçois trois lumières bleues scintillantes et mouvantes. Trois véhicules de police avec gyrophares allumés et sirènes convergent vers nous. Nos efforts de confidentialité sont anéantis. Des policiers sortent de la voiture et crient à tue-tête en ne se souciant pas du voisinage.

« Holà ! Toi ! Descends du manège et viens par là ! »

Ils ne sont visiblement pas sensibles à l'expérience poétique, hors du monde, que nous nous étions offerte. Une aventure sans son ni lumière. Encore dans l'ivresse de ma folle cavalcade, je m'attendais à ce qu'ils me disent : « *Jeune homme, descendez s'il vous plaît de votre destrier et remettez pied sur terre.* »

Chevalier déchu, je suis coincé entre les chevaux de bois qui s'obstinent à se courir après et la lourde bâche plastifiée du manège. Elle me sert cette fois de bouclier. À travers elle, un bruyant gardien de la paix agite sa matraque et m'ordonne de me libérer.

De l'autre côté, dans le cockpit, Gabriel est remplacé par un policier. Le nouveau conducteur s'échine sans succès à arrêter le carrousel récalcitrant et son troupeau effrayé. Les lumières s'affolent et se mettent à clignoter, l'air de la souris verte retentit sur la place et le quartier.

Le policier face à moi soulève la bâche et me demande d'abandonner la cavalerie.

En passant sous la toile plastifiée, je perds ma protection. La descente est brutale : clé de bras.

« Jacky, t'as tes pinces ?

— Pas besoin de lui passer les gourmettes, il n'a pas l'air méchant. On n'a pas affaire à un alpiniste.

— Si ! dis-je, vexé. Je fais des ascensions en montagne. Si le fait d'être alpiniste donne droit aux menottes, je les veux ! »

Jacky me les passe aux poignets, les mains derrière le dos.

« Dans notre jargon, un alpiniste est un gars qui grimpe aux balcons et cambriole des appartements. »

Un autre gardien de la paix m'ordonne de m'asseoir dans la voiture de police.

« Ne bouge pas. »

Je m'exécute et je m'assieds à l'arrière, sur un strapontin sans ceinture. Ils démarrent vers le commissariat central du quinzième, rue de Vaugirard. Je ne vois pas Gabriel, qui a dû réussir à déguerpir à temps.

À l'entrée du commissariat, sur la droite du hall, juste en face du bureau d'accueil, des bancs d'écolier sont placés le long du mur. Une rampe métallique horizontale les surplombe. Jacky le Policier me détache une main et m'amarre à la rampe. Un homme à côté de moi a subi le même traitement. Le silence est à peine troublé par le ronron régulier d'un réfrigérateur.

Je demande à changer de main :

« Je ne veux pas abîmer ma montre. On vient de me l'offrir, un cadeau d'anniversaire. J'ai peu d'objets de valeur, alors j'y tiens. »

Cette requête me permet de subvertir l'ennui d'être acteur malgré moi d'une scène de théâtre du grand néant. Rien ne se passe. Temps immuable. Le titre de la pièce pourrait être *En attendant Godot dans le silence infini*. Le moindre souffle audible crée un événement.

Je tente autre chose :

« Quelle est la prochaine étape ? Combien de temps vais-je rester attaché ici ? »

Silence.

À en croire l'homme à côté de moi, cela fait déjà quatre heures pour lui. Il a été contrôlé sans permis. Il trouble l'ennui à sa façon et répète :

« De l'eau. De l'eau. Je veux de l'eau. C'est une obligation légale, quoi, merde ! »

Une policière lui apporte un gobelet en plastique bien rempli. Il prend le verre, puis fait mine de le lui jeter à la figure.

Elle perd patience et le gifle avec une violence que je n'aurais pas soupçonnée. L'homme s'adresse au policier de garde assis derrière le comptoir d'accueil, face à lui :

« Vous avez vu ce qu'elle a fait ?

— Non, je n'ai rien vu. »

Je suis stupéfait par son mensonge : à l'évidence, il a tout vu !

Après un nouveau temps de silence, on me détache.

« Va raconter ton histoire au lieutenant. »

L'officier est chargé de prendre ma déposition. L'annonce d'un épisode pénible.

« Quelle est votre identité ? Le nom de votre père ? De votre mère ? »

Je sens la honte m'inonder la tête : l'idée de mêler mes parents à cette histoire me révulse.

« Nous n'avons pas réussi à attraper votre compagnon. Il court vite. Je veux son nom. Prénom. »

Ce n'est pas possible. On me demande de faire de la délation ? À moi ? Ils pensent sans doute que s'il s'est échappé, il doit avoir quelque chose à se reprocher.

« Non ! je proteste. Nous n'avons rien cassé, ni dégradé, ni volé. Sans votre intervention, nous serions partis en refermant le manège sans laisser de trace. Les proportions que prend cette affaire sont absurdes.

— Je récapitule. Violation de propriété privée. Délit de fuite. Je vous demande son nom : vous avez trente secondes. Sinon, j'ajoute un refus d'obtempérer.

— Vous me demandez de faire de la délation.

— De la délation ? Connaissez-vous la définition du mot ? *Délation*. Dans les années quarante, des gens dénonçaient leurs voisins s'ils étaient juifs ; la police les arrêtait et les envoyait en Pologne. Des millions ont été tués. Vous voyez ? Je ne vous demande pas d'envoyer quelqu'un à la mort. Alors maintenant vous me dites son nom et où il habite et on s'en tient là.

— Gabriel Davydov. Il habite à Kiev et y retourne demain. Il a dû avoir peur de passer la nuit ici et de rater son avion. »

En quittant le commissariat, je revois Jacky, le policier brusque de la clé de bras. Il fume dehors.

« Allez, sans rancune. Le manège, c'est un truc de gamins. Vous avez passé l'âge. »

Le policier manque de poésie, mais il est philosophe. Il a raison ; j'ai passé l'âge de tourner en rond. J'ai besoin d'un cap. J'imagine me repérer grâce à un grand phare qui m'indiquerait la direction à suivre. Je pense au mont Blanc, le plus haut des phares.

Chapitre 6

> Son corps fut jeté en un grand feu, et malheureusement on dispersa ses cendres au vent. De sorte que nous le respirons ; et que, par la communication des petits esprits, il nous viendra quelque humeur empoisonnante dont nous serons tout étonnés.
> André SCHWARZ-BART, *Le dernier des Justes*

Chamonix est facilement accessible depuis Genève. À la gare de Genève-Cornavin, j'attends mon amoureuse, Marie. Son prénom évoque la Sainte Vierge à une bonne partie de l'humanité. Ses proches préfèrent l'appeler Joan et saluent ainsi sa voix envoûtante qui ressemble à celle de Joan Baez. Ma petite sœur et Marie partagent le même surnom grâce au même talent : une voix de sirène. Quand je retrouve Marie, je visualise toujours son prénom en lettres d'or sur la locomotive bleu nuit du Tramway du Mont-Blanc, celle qu'enfant, j'avais nommée Marguerite. Si je veux sortir l'image de ma tête, je pense à son surnom ; alors résonnent en moi les chants de ma petite sœur.

Marie me renvoie à ma sœur vivante, ou à l'autre.

En sortant de la gare, je prends possession d'une voiture louée à un particulier. Une Honda Civic 110 Chevaux Shuttle break 4x4 de 1990. Une vieille voiture grise. La vitre arrière droite, cassée, a été remplacée par un film plastique. À chaque feu rouge, le bruit strident émis par les freins de la voiture fait sursauter tous les passants. Je porte une chemise, une veste et une cravate fine à bout carré. Marie est, elle aussi, très apprêtée – chemisier en soie blanche, écharpe en cachemire et veste noire. Les Genevois observent avec curiosité la dysharmonie entre nos tenues et la voiture. Nous suivons les indications Évian-Chamonix peintes en blanc sur le goudron de la route qui contourne le lac Léman et laissons Évian sur la gauche. Nous nous engouffrons ensuite sur la route de Malagnou vers le poste frontière de Thônex. J'envisage l'achat de chocolats suisses avant la douane, mais la circulation vers la France est fluide. J'y renonce. Zoll - Douanes. Du côté suisse de la frontière, aucun douanier n'est visible. Un stop. La Honda à l'arrêt émet son grincement aigu. Le bruit sort un garde-frontière français de sa torpeur. Il nous demande de couper le moteur et appelle ses collègues. Ils fouillent la voiture dans ses moindres recoins, jusqu'à la roue de secours, le cric manuel, l'intérieur de la clé de serrage. J'espère que la personne à qui nous l'avons louée n'a rien laissé de compromettant ! L'un des douaniers examine les papiers de la voiture.

« Mais qui est le propriétaire ? »

Il ne connaît pas ce système de location et d'économie du partage. Nos bagages sont fouillés ; chaque objet en est retiré, l'un après l'autre. Dans le sac de Marie, les douaniers saisissent une petite boîte enveloppée de papier cadeau. Je précise aux douaniers :

« Cela doit être mon cadeau d'anniversaire. »

Je tiens à ce qu'ils ne l'ouvrent pas. Pouvais-je compter sur leur délicatesse ? Ils me dévisagent un instant puis remettent le présent intact dans le sac. Nous repartons.

Une fois le seuil de la maison franchi, Marie me tend la petite boîte rectangulaire en faisant la moue : la déconvenue frontalière a estompé l'effet de surprise. En dénouant le ruban puis en ouvrant le mince écrin, je dévoile, enchanté, son contenu : un stylo noir luisant et orné d'une étoile blanche à six branches, celle d'un flocon de neige… ou d'une étoile de David. Montblanc.

« Cadeau symbolique : le stylo des grandes signatures. »

Elle doit penser à mon premier contrat de travail, supposé marquer le début de ma vraie vie d'adulte, qui n'en finit pas de démarrer.

Par la fenêtre, le mont Blanc se dévoile. Je serre Marie fort dans mes bras en faisant glisser le stylo le long de sa colonne vertébrale. J'ai envie de faire l'amour avec elle, mais nous sommes dimanche. Elle scande à tout-va son athéisme en disant avoir en horreur toutes les religions et leurs faux dévots. Mais le dimanche, elle se consacre au *Seigneur*, quel qu'il soit, avec une chaste ferveur, quasi fanatique. Ce dimanche, je me concentre donc sur la plume. Je cherche à essayer mon nouvel objet et je retrouve un cahier de brouillon jauni et pose en vrac des mots sur le papier. Je suis flatté par le présent, mais mon écriture est illisible. Je ne distingue plus que quelques fleurs dessinées dans la marge.

Le stylo n'a jamais plus servi et prend la poussière dans un tiroir. Un jour, j'en dévisserai à nouveau le capuchon, et l'encre coulera.

Notre venue à Chamonix avec Marie est douce. Mon désir est davantage porté sur elle que sur l'ascension du mont Blanc, devenue une simple velléité.

Au fil des ans, ma relation à la maison familiale se dégrade. Je la délaisse.

Une nuit d'hiver, je devais avoir vingt-cinq ans, j'y arrive seul après avoir roulé de longues heures dans l'obscurité. J'ouvre la porte. J'allume la lumière et accroche mon manteau dans l'entrée. L'atmosphère est plus glaciale qu'à l'extérieur. La maison m'en veut de l'avoir oubliée trop longtemps. Je passe outre son hostilité, cours vers la cheminée du salon et chiffonne les pages saumon d'un vieux *Figaro*. J'avais toujours cru, avant d'entrer dans le monde des adultes et du travail, qu'elles ne servaient qu'à allumer des feux : un malentendu transmis par oncle Ajzik. Les doigts encore gelés malgré les gants, j'ajoute du petit bois sec et une souche de hêtre fendue. Les flammes la pourlèchent plus vite que l'habituelle bûche de sapin, mais n'embaument pas la pièce de cette odeur de conifère, mélange de terre sèche et de menthol, rituel de bienvenue. Les retrouvailles olfactives attendront. Le feu crépite à intervalles irréguliers dans la cheminée de brique. Une chaleur salvatrice rayonne des flammes. Je me déleste enfin de mon bonnet et de mon écharpe, et j'entame un tour de la maison : il s'agit de la réveiller en douceur. Elle se révèle rancunière, décidée à me faire payer ma trop longue absence. La fumée ne s'évacue pas ; stratégique, elle envahit la pièce, m'encercle en silence et finit par m'envelopper. Je suis pris au piège. Elle m'aveugle et m'enserre les poumons. Je cours mouiller des serviettes et j'étouffe les flammes. J'ouvre la fenêtre en grand.

Dehors, la neige a cessé de tomber : la température a baissé. En dessous de moins deux degrés, il ne peut plus neiger. Le grand sapin monte la garde. Le mont Blanc se détache à l'arrière-plan. Entre froid et fumée, j'arbitre le dilemme en récupérant un radiateur électrique poussiéreux dans la cave et en m'enfermant dans la chambre la plus préservée des émanations. Je l'allume. Les plombs sautent. La nuit m'avale.

Sur le chemin des Chimères, à flanc de montagne, sous le massif des Aiguilles rouges, la maison surplombe Chamonix. Lovée au sein d'une forêt de pins dressés sur un parterre de myrtilliers avec quelques fraisiers des bois, cachée au bout d'un sentier sinueux bordé de quelques framboisiers et de platanes bien alignés qui lui donnent des airs de manoir abandonné, la bâtisse dénote : en granit beige, sur trois niveaux, elle s'impose à ses invités par son cachet. Influencée par l'architecture italienne, elle est plus haute, plus large et plus sombre que les chalets tape-à-l'œil aux grandes baies vitrées des environs. Elle ne ressemble pas non plus aux fermes, écuries ou granges réhabilitées des chemins voisins de la Persévérance et de Bellachat.

Les portes de la maison sont presque toutes arrondies, façon andalouse ou marocaine. Les salles d'eau sont décorées de petites mosaïques à dominante bleu nuit. La teinte est identique à celle du fer forgé de la terrasse et de la couleur de la locomotive *Marie* du TMB. La couleur de la céramique rappelle aussi *la Traversée de la mer Rouge*, les vitraux de Chagall de l'étonnante église Notre-Dame-de-Toute-Grâce du plateau d'Assy, à quelques kilomètres de Chamonix. La mer Rouge arbore le même bleu. Moïse y est représenté au-dessus de son peuple entouré d'eau. Quel fascinant personnage ! Il traverse les mers et grimpe récupérer la Loi au sommet de la montagne. Il est en quelque sorte le premier alpiniste dont l'ascension est relatée.

Sur la baignoire qui tient sur quatre pattes de lion sculptées est inscrit Orient Express. Je me suis toujours raconté qu'elle avait dû être achetée aux enchères à Drouot lors d'une vente de démembrement d'un ancien wagon du train légendaire. Au vu des dimensions spectaculaires de la baignoire, la remplir en mouvement devait être une opération complexe !

Le rapport des voisins à notre maison est singulier : ils la disent hantée. Nul n'osait s'en approcher. Quand mes parents ont acheté la propriété, loin d'être effrayés, ils se sont approprié l'édifice en y ajoutant une terrasse entourée de fer forgé que Ferruccio, un artisan du Val d'Aoste au prénom prédestiné, avait spécialement créée. J'aime contempler le mont Blanc depuis cette terrasse.

Nos relations de voisinage sont sporadiques, à l'exception de celles qui nous lient à monsieur Montaz, le propriétaire du chalet d'à côté. J'avais pris l'habitude d'aller lui signaler ma présence à chacune de mes venues. Le lendemain de mon arrivée tumultueuse en pleine nuit, je lui rends visite. Il a la particularité de nous donner de la lessive qu'il confectionne lui-même dans son garage avec de la cendre. Nous le rétribuons en lui fournissant la matière première collectée dans la cheminée après les flambées. Les vertus de la cendre sont multiples et insoupçonnées. Avant de connaître son usage ménager, la cendre m'avait sorti d'affaire un soir où la voiture était bloquée dans la neige. J'avais fait l'expérience de son pouvoir d'adhérence. En outre, ses propriétés d'engrais sont bien connues. Pendant la Seconde Guerre mondiale, des montagnes de cendre, recyclées des camps d'extermination, ont amélioré les rendements des terres agricoles polonaises.

Monsieur Montaz m'avait donné la recette de sa lessive.

« La fabrication est très simple : je mélange les cendres avec de l'eau, un peu d'huile de coude tous les matins pendant deux, trois jours. J'ajoute les odorantes huiles essentielles de lavande et de tea tree. Je filtre. Et voilà. »

À l'usage, la lessive est aussi efficace que les produits du commerce. Il poursuit son explication :

« Avec les restes de cendres non filtrés, je fais de la potasse. "*Pot ash*" en anglais : pot de cendre. »

Sa fille Constance me confie sa crainte qu'un jour son père se trompe et verse les cendres de leur grand-père, dont l'urne funéraire trône sur un placard du garage, dans la bassine qui lui sert à fabriquer la lessive ! L'idée de laver du linge avec les cendres du grand-père de ma voisine, aussi parfumé soit-il, me fait frémir.

Le grand-père est le seul Montaz à avoir été incinéré. La famille dispose d'un caveau important au cimetière communal de Chamonix.

« Vous ne serez jamais du pays, toi et ta famille, m'avait un jour dit Constance. Vous n'avez pas de caveau au cimetière. Et le fer forgé de votre terrasse est ridicule : ça sert à protéger les sépultures, pas à faire de la décoration.

— À tes yeux, et si je veux être considéré comme quelqu'un du pays, mes parents doivent être morts et enterrés ici ?

— Oui, une génération de morts. Alors, vous commencerez à être des autochtones. »

Je serai donc étranger à la vallée, à tout jamais. Je rentre à la maison avec mon bidon de cinq litres d'eau cendrée et le dépose dans le garage à côté de la réserve de bois. À la différence de monsieur Montaz, mon usage préféré de la cendre est la décoration de bonshommes de neige. Je sors par la porte arrière, traverse le jardin jusqu'à l'orée du bois. Dans un élan nostalgique, j'amorce la sculpture d'un bonhomme de neige en suivant une méthode éprouvée maintes fois : d'abord une petite boule de poudreuse bien tassée, la rouler ensuite devant la maison, compresser à chaque tour le ventre neigeux. Enfin, renouveler l'opération une seconde fois, un peu moins longtemps de manière à avoir une boule plus petite : la tête du bonhomme. Créer les deux boules est toujours une réussite. Quand j'étais enfant, soulever la tête était une autre affaire : elle restait ancrée en neige, trop lourde. Cette fois-ci les deux boules de taille différente sont rapprochées. Je recule et contemple mon travail : deux bonshommes ventres côte à côte. Deux boules jumelles.

Chapitre 7

> Je crois entendre encore,
> Caché sous les palmiers,
> Sa voix tendre et sonore
> Comme un chant de ramier !
> Eugène Cormon & Michel Carré,
> *Les pêcheurs de perles*

Dès la fin de la saison des neiges, le petit jardin à l'arrière de la maison nous accueille, mon violon et moi. J'ai nommé l'instrument *Trucco*, du nom du luthier qui l'avait créé à Savona au milieu du XIXe siècle. Je joue des mélodies klezmer, l'instrument émet des vibrations légères et les oiseaux me répondent avec des gazouillis allègres. Trucco chante, il est aussi capable de pleurer avec le « *krekht* ». Ce son spécifique s'obtient en posant le doigt sur la corde, sans appuyer, pendant une fraction de seconde. Un grincement, dirait un professeur conventionnel. Un sanglot, répondrait un oiseau. Mon premier instrument était un « demi », un violon en format réduit destiné aux enfants. On nomme les instruments à corde en indiquant leur proportion – un quart, un demi, un trois-quarts – par rapport à un violon de taille adulte : un entier. Je n'avais pas compris qu'on se réfère à mon violon comme un *demi.* Où était l'autre partie ? Mon professeur de violon m'avait montré la pièce en bois à l'intérieur.

« Vois-tu, à travers les ouïes du violon, le petit morceau de bois qui relie son dos et sa table ? Il transmet les vibrations de la corde dans sa caisse à travers le chevalet et permet à l'instrument d'émettre des sons. On appelle ce petit morceau de bois *l'âme* du violon.

— Donc un violon demi n'a qu'une demi-âme ? »

Les violons sont fabriqués en épicéa, un bois modeste omniprésent à Chamonix. Dans les forêts de la vallée, dans le mobilier de la maison et à l'intérieur de la cheminée. Dans l'âtre, accroché à la crémaillère, est installé un accessoire de fumage des harengs. Mon oncle faisait venir ses poissons de la Baltique lorsqu'il avait la nostalgie de sa vie antérieure à son émigration en France, à l'époque où ses parents disaient en yiddish : « *Gliklekh vi got in frankraykh.* (*Heureux comme Dieu en France.*) » Je le revois s'installer face au feu qui grignote les bûches et les réduit en cendres. Un jour, il avait jeté un œil de l'autre côté de la baie vitrée et avait remarqué la neige moins abondante dans le jardin.

« La montagne se consume, elle aussi, dans une autre temporalité. »

Oncle Ajzik affectionnait la maison de Chamonix l'hiver. Les chutes de neige lui faisaient revivre un bout de son enfance à Smolensk. Il aimait humer l'odeur du bois, et rabotait lui-même des bûches de hêtre affectées au fumage des harengs. Il recouvrait l'établi de sa nappe à carreaux quand il avait fini, en marmonnant à chaque fois :

« À l'époque de mes parents, ce motif vichy faisait partie du chic à la française. Avec ce nom et ces cases autoritaires, nous devrions jeter cette nappe dans la poubelle de l'histoire. »

En France, Ajzik avait appris à jouer de l'accordéon : l'instrument des Français, celui des guinguettes et des chansons de l'entre-deux-guerres – l'image transmise par ses parents de la France où ils n'étaient jamais venus, la France vue du fin fond de l'Europe orientale, du pays du néant, du froid, de la nuit et du brouillard. Il l'avait acheté à Tulle directement à la fabrique Maugein, car les magasins d'instruments de musique de Paris où il s'était rendu ne vendaient que des Hohner, dont il ne voulait pas. Il entretenait une certaine ambivalence par rapport aux produits germaniques. Il s'était équipé d'un four Bosch et d'une Volkswagen parce qu'il ne voulait pas se priver du meilleur sous prétexte que c'était allemand. Mais concernant les objets d'art, c'était une autre histoire. Lorsqu'il jouait avec son Maugein, il donnait une couleur klezmer aux chants français de la Belle Époque. Il avait ce talent de faire pleurer en jouant *Y a d'la joie*. Il me captivait lorsqu'il faisait « vivre » son instrument : il ouvrait et refermait son soufflet à intervalles réguliers sans émettre d'autre son que celui d'une respiration profonde. Puis il déclenchait des à-coups, et la respiration calme se muait en un essoufflement de coureur ou d'un fuyard. Il simulait le bruissement de feuilles dans les arbres, le grincement d'une porte. Il pouvait faire trembler sa main droite longtemps et métamorphosait ainsi l'instrument en enfant pleurnichard. Des saccades rapides de son aigu évoquaient gémissements et cris. Mieux encore, il savait interpréter la musique du silence. Il avait joué sur son piano à bretelles en l'honneur de la naissance de ma petite sœur et en hommage à la mort de l'*autre*. Sa musique s'était achevée par une longue note acérée, tenue sur plusieurs minutes, à la manière d'un électrocardiogramme d'hôpital branché sur un patient dont le cœur a cessé de battre. Puis il avait remis l'instrument dans sa boîte, en déclarant avec solennité qu'il ne le ressortirait plus. Il ne supportait pas d'avoir un accordéon respirant, sonore, et une petite-nièce asphyxiée et inerte.

Personne ne l'avait cru.

Une force de vie le transpercera quelques semaines plus tard. Il joua de nouveau.

« La mort fait partie de la vie. Et la vie doit gagner sur la mort tant qu'on est vivant. Sinon, nous sommes déjà morts. »

Oncle Ajzik m'emmène à l'église de la Madeleine écouter le *Requiem* de Mozart, l'œuvre ultime du compositeur, dédiée aux morts. Ajzik dit :

« L'homme, tant qu'il est vivant, a peur de mourir. Quand il n'a plus rien à vivre, il n'a plus peur de la mort. Il peut mourir tranquille. »

Nous avançons sur les carreaux de marbre jusqu'à notre rangée. Je sautille entre les dalles en évitant les jointures et pense : *Qu'en est-il lorsque la personne n'a rien vécu, comme Marguerite ? A-t-elle eu peur de la mort ?* Je ne sais pas. Une fois que nous sommes assis à nos places, oncle Ajzik ajoute :

« Le *Requiem* est une série de séquences musicales en hommage aux défunts. Qu'ils aient eu peur de la mort ou non. »

Il feuillette le livret du concert et poursuit avant que ne s'élèvent les premières notes de l'Introïtus.

« Les églises sont des monuments, des musées, des lieux de culte. Découvrir leurs trésors est un de mes plaisirs coupables... J'ai un rituel : allumer des cierges, non pas à l'intention de la Vierge Marie, mais en simple contribution à l'illumination des maisons de Dieu. Les vitraux se font l'écho de l'Ancien Testament, ils illustrent l'histoire de notre peuple. Mais la bible des Juifs s'arrête avant Yoshua Ben-Yossef.

— Yoshua qui ?

— Jésus, fils de Joseph. Yoshua Ben-Yossef en hébreu. Après tout, Joseph l'a élevé et éduqué, il en est le père. N'oublions pas qu'il est *yidd*, le monsieur sur la croix.

— *Yidd*?

— Juif, *yidd*, en yiddish. »

Une centaine de musiciens se placent à l'extrémité de la nef, sous les applaudissements. L'Introïtus nous plonge d'emblée dans une ambiance mystique. Les entrées successives des instruments font naître des sonorités de plus en plus claires. Les couleurs de l'orchestre se déclinent, de l'ombre à la lumière. Après les bassons et les cordes graves (violoncelles, altos, deuxièmes violons), les premiers violons entrent, puis les trombones s'imposent. Leurs notes graves annoncent les voix de basse sur lesquelles se superposent celles des ténors et, deux mesures plus loin, celles des femmes. Après ce déferlement sonore, la voix de la soliste soprano s'élève, limpide.

Te decet hymnus Deus, in Sion,
Et tibi reddetur votum in Ierusalem.

Mon oncle traduit ; j'apprends à cette occasion qu'il connaît le latin :

Donne-leur le repos éternel, Seigneur, et que la lumière éternelle les illumine ; Dieu, il convient de chanter tes louanges en Sion ; et de t'offrir des sacrifices à Jérusalem.

Puis il marmonne :

« Les sacrifices dont il parle ici se passaient au temple de Jérusalem ! »

Ce *Requiem* diffère des musiques que m'a fait découvrir oncle Ajzik. Il ne ressemble ni au klezmer ou autres musiques traditionnelles juives, ni aux chants révolutionnaires. Entre éclat et mélancolie, les séquences du *Requiem* me bouleversent.

« Nous sommes venus écouter Mozart. En réalité, quand il est mort, il n'a pas fini d'écrire le *Requiem*. D'après la légende, sa femme, Constance, tenait à recevoir le règlement complet de la commande, et pria les élèves de son mari de terminer l'œuvre en laissant la signature de Mozart sur la composition. Il était déjà connu et reconnu. Sa signature était bien plus précieuse que celle de son élève Süssmayr, demeuré oublié jusqu'à aujourd'hui. »

Mon oncle chuchote ces informations entre les morceaux. Nos voisins de rang, agacés, nous lancent des œillades assassines. À la fin du Lacrimosa, oncle Ajzik me souffle :

« Tu entends ? *Dona eis requiem. Amen.* Comme nous à la fin du kaddish. *Amen.* Et puis, l'écriture de Mozart s'arrête ici. Nous pouvons partir. »

Dehors, sur le parvis de l'église, nous prenons un taxi vers la gare Montparnasse. Voir les trains partir me comble toujours de joie et oncle Ajzik le sait. Lire sur les tableaux d'affichage les noms des villes desservies me fait divaguer : La Rochelle, Bordeaux, Rennes, Saint-Malo, Lourdes. Ajzik prend plaisir à m'accompagner à la gare et à « voyager » ainsi avec moi. J'aurais préféré prendre le métro. Chaque trajet est un petit tour de manège et à la station où nous descendons, j'exige systématiquement de mes accompagnateurs d'attendre avec moi sur le quai la prochaine rame, pour le bonheur de les voir passer.

En chemin, à travers la vitre du taxi, oncle Ajzik me fait observer l'architecture parisienne.

« Face à nous, voici l'Assemblée nationale, l'endroit où les députés votent les lois. Et, juste derrière nous, on vient de quitter la Madeleine, l'église du *Requiem*. Regarde bien les deux bâtiments. »

Je me contorsionne dans le taxi et les examine en balançant mes yeux de l'un à l'autre. Ils sont identiques.

Des drapeaux français marquent la différence entre l'église et le bâtiment d'État.

« Tu vois, là, nous traversons la place de la Concorde. Derrière toi, tu peux voir deux bâtiments. À gauche, l'hôtel Crillon. À droite, celui du commandement de la Marine. »

J'exulte :

« Ils sont jumeaux aussi !

— En apparence, oui. Cela dit, un hôtel de luxe et un immeuble d'État ou une église et un parlement n'ont rien en commun, même si, à l'extérieur, les édifices se font écho. Disons que ce sont des bâtiments jumeaux, identiques et dissemblables. Ce sont des faux jumeaux. »

Du fond de la banquette, Ajzik développe sa théorie des bâtiments jumeaux parisiens :

« Le Théâtre national de Chaillot et le Musée de l'homme au Trocadéro ; les deux beffrois de Notre-Dame, les deux tours de l'église Saint-Sulpice. De loin, elles se ressemblent. De près, sur la tour nord de Saint-Sulpice, on distingue les quatre lettres d'or hébraïques du nom de Dieu : *YHVH* (*yod, hé, vav, hé*). *Yahvé.* »

Quand je traverse la place Saint-Sulpice, que Georges Perec a immortalisée dans sa prodigieuse *Tentative d'épuisement d'un lieu parisien*, je repense à la journée pendant laquelle oncle Ajzyk m'avait emmené écouter le *Requiem*. Si je suis avec quelqu'un, adulte ou enfant, je m'amuse à lui faire jouer au jeu des sept différences entre les deux tours de l'église Saint-Sulpice. L'une a un fronton triangulaire. L'autre est arrondi. Tout le monde remarque cette dissemblance. Mais il est rare que les lettres blondes à l'intérieur du fronton triangulaire soient vues et surtout reconnues en tant que lettres hébraïques. Le tétragramme, le nom de Dieu en hébreu, est inscrit sur la plus grande église de Paris. Chacune de mes déambulations sur la petite place me fait penser, ému, à mon oncle, attaché à son identité, son judaïsme, et zélateur des beautés des églises.

Chapitre 8

Malheureusement une coquille infime
Se glissa dans l'orthographe de son nom
De sorte qu'hélas, toujours anonyme,
il mourut quidam et sans rémission
Guy BÉART, *Le quidam*

La haute montagne effrayait Marie au point qu'elle me dissuadait d'envisager l'ascension du mont Blanc. Le don du stylo Montblanc était une manœuvre destinée à m'occuper les mains et à m'immobiliser devant des pages blanches.

Plus fort que ma passion des cimes était mon désir de Marie. À l'été 2016, après notre rupture, délesté de ma promesse muette, libéré, fouetté par l'univers des possibles qui s'offre à moi, je reviens à mes projets antérieurs.

Dans la chaleur d'une plage de la Méditerranée où je m'étais exilé pendant un temps, je prends une résolution. À moitié endormi sur ma serviette, à peine dérangé par les joueurs de beach-volley et les promeneurs piétinant l'ombre sur la *Tayelet*, je sens renaître en moi mon désir d'ascension. Ni le clapotis de l'eau ni la chaleur douce de ce début du mois de juillet n'évoquent le mont Blanc. Je suis à Tel-Aviv, *la colline du printemps* en hébreu, ville en réalité dépourvue de tout relief. Par quels liens mystérieux mon cerveau a-t-il connecté ces deux lieux, je l'ignore. Un claquement de vent me fait lever la tête. J'aperçois le drapeau bleu et blanc qui danse, le drapeau a la couleur de la montagne sous sa bonne étoile.

La clarté du ciel dissipe le brouillard de mon esprit. Je me lève, traverse le souk Carmel et rentre à pied à l'hôtel Norman, près de l'avenue Rothschild. Une foule s'agite dans le dédale des ruelles du marché. Les odeurs d'épices, de fruits trop mûrs et d'eau salée me maintiennent dans une ivresse étourdie. L'intense vitalité du lieu me surprend chaque fois, surtout depuis l'attentat du 1er novembre 2004, lorsqu'un adolescent de mon âge avait choisi de mourir, et faire mourir, dans cet enchevêtrement de rues très étroites. J'étais présent, à deux cents mètres de l'explosion. La déflagration m'avait fait sursauter. J'en avais immédiatement compris l'origine. Autour de moi personne n'avait sourcillé, ni mes parents, pris dans une discussion animée, serviettes de plage sous le bras, ni les passants indifférents. Puis les sirènes des ambulances avaient retenti, trop fortes, trop nombreuses, trop stridentes. Impossible de les ignorer. Elles imposaient aux acharnés du déni l'effondrement de leur rêve de normalité.

Je mis du temps à percevoir dans l'absence de réaction une parade, un mécanisme de protection. Quatre-vingt-quatorze attentats entre 2002 et 2004 – cinq cent quatre-vingt-sept morts. Aucun nom de victime ne fut placardé devant le souk, la Grande Synagogue, l'université Bar Ilan, la plage, les arrêts de bus ou les autres lieux suppliciés : Tel-Aviv et les autres villes du pays auraient été couvertes de plaques commémoratives. La décision fut prise par les autorités d'honorer toutes les victimes de l'*intifada* dans un seul site. Au mont Herzl, à Jérusalem, dans l'enceinte d'un parc, le mémorial de la Shoah et le musée de *Yad Vashem* avoisinent le Mur du Souvenir. Celui-ci est composé de plusieurs parois de pierres sur lesquelles ont été fixées des plaques gravées des noms de soldats morts en mission. Aux côtés des noms des militaires, les civils tués lors d'attentats sont inscrits et classés par année. Ce mémorial, créé par Moshe et Rita Oren, a été inauguré en 1998. Des espaces importants sont réservés aux futures victimes dans le respect de la phrase biblique : « *Et je leur donnerai dans ma maison et dans mes murs un mémorial* (Yad) *et un nom* (Shem) *qui ne seront pas effacés* » (Isaïe 56-5).

Pendant le reste de mon séjour à Tel-Aviv, j'applique une nouvelle routine. Chaque soir, à l'heure où le soleil s'adoucit et jongle avec les blocs de pierre de Jaffa, le quartier de la vieille ville, je cours pieds nus le long de la mer en direction du Namal, le port du nord de la ville. J'achève ma course par un entraînement sur les appareils de musculation à l'entrée de la plage Gordon, centre de fitness en plein air, avec vue sur mer. Je me forge la conviction que le conditionnement physique est un prérequis alors qu'au fond de moi, je sais que la musculation mentale est fondamentale si je veux voir aboutir mon projet et fouler le sommet. Courses à pied, pompes, tractions et traversées en natation jusqu'à la digue jalonnent mon quotidien. L'entraînement s'achève dans la nuit. Je reviens par le centre-ville et je passe sous les ficus de l'avenue Rothschild, charmé par les torsions des troncs et les fleurs orangées visibles sur les cimes des arbres.

Avec une rigueur dont je ne m'imaginais pas capable, je m'éreinte. Nord-sud, sud-nord, l'itinéraire de la course se fait jour après jour de manière plus naturelle, mon corps se l'approprie. Tout me paraît familier : les mots d'hébreu, la succession des terrasses de café, les pavés irréguliers sur lesquels je manque de trébucher.

Passer devant des lieux qui ont subi des explosions, des bars, des boîtes de nuit, des cafétérias d'université dans lesquels je vois les gens trépigner d'impatience, vivre avec toujours plus d'intensité, m'émeut. Certains appellent Tel-Aviv *la Bulle.* Des événements terribles peuvent survenir dans le pays mais ses habitants sont des forcenés de la vie. Tel-Aviv m'enseigne l'obstination. Celle du travail du corps et du mental, nécessaire à l'ascension des sommets. La nuit, dans l'étroitesse de ma chambre d'hôtel, je rêve de montagnes glacées tel un amoureux frustré, alors que le ventilateur m'envoie à grand bruit la moiteur de l'air salé.

Réserver son ascension est une étape à part entière. Les alpinistes venus des quatre coins du globe se donnent rendez-vous au pied du mont Blanc. Dix mille candidats se présentent chaque année. En face, les guides sont au nombre de cent soixante. Mon souhait est de trouver un guide jeune. D'ordinaire, les gens choisissent plutôt les guides d'expérience, d'un certain âge, qui ont compris et apprivoisé les plus dangereux secrets de la montagne. Avec méthode, je fais défiler sur le site internet de la compagnie des guides les portraits de chacun d'entre eux. Je cherche le visage le plus candide, le plus souriant. Je clique sur la fiche de Pierre, vingt-neuf ans. Peu expérimenté ? Peut-être. Joyeux, innocent, certainement. Un peu naïf, aussi. Avec ses traits juvéniles, j'ai l'impression qu'il me ressemble, qu'il est en équilibre entre deux mondes. Je lui téléphone. Il me répond dès la première sonnerie.

« Par quelle voie voulez-vous monter ? »

Par la voie Normale ! Celle dont le départ m'a tant fasciné enfant. Cependant, en fin négociateur, je laisse la porte ouverte aux alternatives.

« Quelles sont les options ?

— La voie des Trois Monts depuis l'Aiguille du Midi en montant par le Tacul et le mont Maudit, et nuit au refuge des Cosmiques au retour. La voie du Pape depuis Courmayeur, de l'autre côté du tunnel du Mont-Blanc. Mais la première fois, la voie Normale par Tête Rousse et le Goûter, c'est royal ! »

Je n'avais pas pensé à gravir le sommet du mont Blanc depuis l'Italie. En plus d'être des « villes sœurs », Courmayeur et Chamonix se partagent le mont Blanc. Elles sont rattachées l'une à l'autre au-dessus des cimes par un téléphérique, et, dans les entrailles de la montagne, par un tunnel. Plus que des jumelles, Chamonix et Courmayeur sont des sœurs siamoises reliées par un cordon ombilical (le tunnel du Mont-Blanc) et un cerveau (la télécabine dite *Panoramic Mont-Blanc*).

Nous prenons date. Je me sens prêt, mais suis-je à l'abri d'un caprice météorologique ? Que le ciel soit bienveillant, cette fois-ci !

Je quitte la Méditerranée.

L'attente dans les gares ou les aéroports m'est si pénible que je calcule mon trajet au plus juste. Ainsi, je rate souvent mon avion. Dans le bus en direction de la gare ferroviaire d'où les trains desservent l'aéroport de Tel-Aviv, je mesure notre avancée en observant au-dehors une femme avec une poussette qui remonte la rue Dizengoff aussi vite que nous. En descendant du bus, au bout de la rue Kaplan, je suis contraint de galoper, de traverser le centre commercial d'Azrieli au pas de course, d'acheter un ticket à la machine automatique et de descendre enfin sur le quai de Tel-Aviv Hashalom. Le train rouge à deux étages part sous mes yeux. Je scrute le tableau des départs. Le prochain train est prévu dans trois minutes. Il va à Beer Sheva (la ville d'Abraham) et le prochain arrêt indiqué est *Lod*, la ville où est situé l'aéroport Ben Gurion (mais pas la gare du terminal). Je décide de le prendre. Il me rapprochera de ma destination. Après une dizaine de minutes de trajet, soit à peine le temps de reprendre ma respiration, le train entre dans la gare de cette vilaine ville industrielle. En sortant du train, je demande la route du terminal international à un passant qui me répond :

« Vous n'y êtes pas du tout. »

Il m'invite à revenir au point de départ, c'est-à-dire à Tel-Aviv, et reprendre le train direct. Je raterai l'avion à coup sûr si je l'écoute. À l'extérieur de la gare, un seul taxi est stationné. Je cours.

« L'aéroport. Vite. S'il vous plaît. »

Bien que la ville de Lod et l'aéroport Ben Gurion soient mitoyens, le taxi parcourt la distance en une demi-heure, la même durée qu'un trajet direct en taxi de la gare ferroviaire de Hashalom. Mon erreur d'aiguillage ne sera pas sans conséquences. Dans le hall des départs, la vue de longues files d'attente devant les guichets d'embarquement me tétanise un instant. Même si je parviens à les franchir sans me mettre en retard, de l'autre côté, le temps d'attente aux postes de contrôle de la police des frontières est incertain. Il est connu qu'à l'aéroport de Tel-Aviv, les agents de contrôle sont pointilleux et soucieux de chaque détail de la réponse des voyageurs en partance. Leurs questions portent sur le contenu des sacs, le motif du voyage, la destination… Je saisis une bribe de dialogue entre un membre du service de sécurité et un voyageur :

« Quelqu'un vous a-t-il donné quelque chose, ou un cadeau à donner à quelqu'un d'autre ?

— Si c'était le cas, je le garderais. »

Rester à ma place, puis le moment venu, subir l'interrogatoire sans m'impatienter me condamneraient à rater mon avion et à racheter un nouveau billet. J'ose couper la file et passer sous la barrière. La foule attentive m'envoie des mots que je décide de ne pas entendre. Je me présente devant un agent et parle très vite :

« Je me suis trompé de train et je suis très en retard. Posez-moi vos questions, je dois attraper mon vol ! S'il vous plaît…

— Une erreur de train ? Mais vous êtes à l'aéroport. »

Il inspecte mon passeport. Ses yeux vont et viennent entre la photo d'identité rigide et mon visage impatient. Dans le passé, j'ai comparé avec mon oncle les bâtiments jumeaux parisiens de la même manière. J'espère que mon visage, malgré les torsions que l'énervement contenu lui inflige, se confond avec celui de ma photo. L'agent répète mon prénom et mon nom et me voit réagir. Je corrige la prononciation. Son interrogatoire s'arrête là. Il me tend mon passeport.

« Ne vous trompez pas d'avion ! »

Je cours vers le guichet d'Alitalia en évitant une montagne de bagages isolés par la sécurité à des fins de contrôles approfondis. Imbarco completato clignote en rouge sur fond vert, aux couleurs de l'Italie. Une unique guichetière s'affaire avec de la paperasse.

Elle hoche la tête sans même daigner lever les yeux, pas amadouée le moins du monde par mon histoire de trains.

« Et si je laisse ma valise ici ? Je veux juste monter dans l'avion, coûte que coûte !

— Cher monsieur, il est interdit d'abandonner ses bagages à l'aéroport. »

Le prochain vol à destination de Genève passe par Istanbul. J'achète un billet. L'escale sera l'occasion de visiter une ville qui m'est inconnue.

Nous sommes le 17 juillet 2016, le lendemain du coup d'État d'un soir que l'Histoire ne retiendra pas. Pendant quelques heures, un changement de pouvoir semblait imminent en Turquie. Mais non, la démocratie à la turque résiste !

Depuis mon inscription sur la liste des prétendants au mont Blanc, je m'incarne en aventurier. L'aventure et l'imprudence allant souvent de pair, je demande au concierge de l'hôtel, dans le quartier de Beyoğlu, s'il est dangereux de se promener en raison des événements. On m'encourage à me diriger vers la tour Galata, à marcher aux abords du pont éponyme et d'éviter les manifestations de la place Taksim.

Par pur esprit de contradiction, je consulte le plan tendu par le concierge et je trace au crayon le plus court chemin entre l'hôtel et la place.

Je déambule dans Istiklal Caddesi, une longue artère piétonne où passe un tramway déglingué. Même sans prénom, ce tram n'en reste pas moins un symbole important de la ville. Une série de consulats borde son tracé : Suède, Russie, Pays-Bas et Grèce. Après un virage et le consulat de France, la rue aboutit à la place Taksim. Là, une foule de manifestants revendicatifs brandit des drapeaux de la République turque. Des slogans sont scandés. Je distingue le nom du chef d'État et des louanges à Dieu, repris à l'unisson. Ils submergent la musique bon enfant diffusée par les haut-parleurs. J'escalade une pile de pavés stockés en retrait du parvis, en prévision de travaux de rénovation. Ils semblent constituer le point culminant de l'esplanade. Me faisant aussi discret que possible, je photographie et filme la foule. L'initiative aventurière d'apprenti reporter s'arrêtera là.

Sur le chemin du retour, en reprenant la même rue piétonne, le ballet d'un vendeur de glace me distrait. Il manie avec élégance et dextérité une tige en fer au bout de laquelle virevoltent un cornet et sa boule vanillée. Le glacier agite les cloches fixées en haut de son échoppe, rapproche la glace d'une cliente accompagnée d'une fillette, feint d'offrir le cornet à la mère, touche le bout du nez de la fille, laissant une marque crémeuse. La petite éclate de rire. Le groupe de spectateurs est ravi.

Deux jeunes hommes me questionnent en anglais :

« *Istanbul, first time* ? »

Mal inspiré, je réponds par la positive. Quel risque y a-t-il ?

« *Not good to be here now! No police. Wanna drink something ?* »

La chaleur est oppressante. Le quartier regorge de bars. Mes nouveaux copains m'offrent une bière fraîche.

Est-ce une bonne idée de les suivre ? Je me laisse tenter. Les jeunes gens sont sympathiques : ils me montrent des photos de leurs fils à l'entraînement de foot et parlent de la Turquie avec fierté : le pays est moderne, occidental.

« *It's Europe !* »

Ils ajoutent :

« Ici, les homosexuels n'ont pas de problèmes. *Are you gay ?* »

Je suis dans une mauvaise pièce de théâtre. La conversation prend une tournure forcée dans laquelle je suis piégé, quoi que je dise. Après quelques sourires hypocrites, ils règlent les trois bières sans me demander mon avis.

« On va ailleurs ?

— Restons ici, je vous invite.

— Non, on nous a conseillé un endroit super. »

Ma dette d'une bière m'oblige à suivre mes nouveaux amis. La nuit est tombée et les rues ne sont pas toutes éclairées. Loin des cortèges, elles se désertifient. Dans celle où nous nous engageons, la seule lumière provient d'un distributeur de billets. Deux individus s'activent devant le clavier. Nous nous dirigeons vers eux. À leur hauteur, mes compagnons me bousculent. Les deux hommes du distributeur se retournent, exhibent un couteau qui reflète le néon blanchâtre de l'enseigne de la banque.

« *You! Credit card! Pin code!* »

Mes accompagnateurs et les hommes du distributeur sont complices. *No police*. L'avertissement me revient en mémoire. Je ne pourrai compter sur personne. Aucun témoin. Dans l'avenue perpendiculaire, des voitures passent, vite, trop vite. Aucun conducteur ne peut déchiffrer la scène. Je sonde l'homme au couteau. Il va me le planter, là, une fois que j'aurai tapé le code. Je suis surpris de ne pas ressentir de peur. Sur le point d'être poignardé, mon angoisse n'est pas de succomber sous les coups mais de ne pas parvenir au sommet du mont Blanc. Mourir maintenant, pendant le trajet qui me mène au départ de la voie Royale, serait pitoyable. À deux semaines de la date choisie avec Pierre, mon guide, je refuse l'idée de me faire tuer ici et maintenant. Je pense à mon professeur de Krav-Maga: « *La meilleure défense est la fuite.* » Je porte des baskets, eux, des mocassins. Je me suis entraîné à la course. J'ai une bonne condition physique. Serai-je protégé par les autres passants ? Verrai-je un policier ? Du renfort ? Non, il n'y a pas de police. *No police.* Comment appliquer les techniques de combat du dojo dans la rue ? J'ai bien appris une parade à l'attaque au couteau mais l'homme qui me menace ne prend pas la même position que mon instructeur pendant les entraînements. Ici, mon adversaire brandit un couteau avec une lame aiguisée. Un couteau sacrificiel. Pas le bout de caoutchouc mou des exercices. Et ils sont quatre. Cet enchaînement de pensée a duré, dans la réalité, quelques secondes. Je glisse la main à l'intérieur de ma veste et regrette l'absence de bombe lacrymogène.

Je sors ma carte de crédit et l'insère dans le distributeur. Je tape le code. D'un mouvement spontané, je recule en levant les mains en l'air.

L'un des malfrats dit :

« *Don't worry, we are gentlemen.* »

Cela ne sautait pas aux yeux.

« En Angleterre, je ne crois pas qu'on aurait utilisé ce mot dans de pareilles circonstances. »

Ils rigolent en tapant sur le clavier de la machine une somme astronomique. Rien ne sort.

« *No money ?* »

Je suggère qu'ils retirent moins d'argent. Mille huit cents livres turques. La machine éjecte les billets. Ils répètent trois fois l'opération.

« *We keep the card.*

— *No problem. But how do I go to the airport tomorrow ?* »

L'homme au couteau est surpris et amusé par la question. Il sort un billet de cinquante livres de la liasse épaisse de son collègue et me le tend.

« *You take the tram.* »

Il me fait l'accolade et tape sa tête sur la mienne deux fois. Un signe d'affection. La pression tombe. Le soulagement de les quitter me fait sourire aussi. Je rentre seul à l'hôtel dans une ville vide, surpris de n'avoir pensé qu'à une chose : le mont Blanc.

Quelques jours plus tard, je lis dans la presse qu'un réfugié syrien homosexuel a été décapité à Istanbul. Je repense à la question de mes agresseurs. « *Are you gay ?* »

Non, mais j'ai le sentiment de ne pas être passé loin de l'assassinat.

Je revois le couteau brillant de mon agresseur. L'histoire du sacrifice d'Isaac que me racontait mon père me revient. On ne sacrifie plus les êtres humains. Ce jeune Syrien l'a été, à peine quelques jours plus tard et si proche de l'endroit où je résidais. Et d'autres ailleurs.

Donna donna donna donna
On a wagon bound for market
There's a calf with a mournful eye…
donna donna do…

Je pense au veau qu'on mène à l'abattoir dans la version anglaise de la chanson *Donna donna.* Les paroles sont, au contraire de la chanson en français, l'exacte traduction de la version originale :

Oyfn furl ligt dos kelbl
Ligt gebundn mit a shtrik
Hoykh in himl flit dos shvelbl
Freydt zikh, dreyt zikh hin un krik.

Lakht der vint in korn
Lakh un lakht un lakht
Lakht er op a tog a gantsn
mit a halber nakht

Donna, donna, donna…

La chanson est écrite en 1941 par Aaron Zeitlin et mise en musique par Sholom Secunda, dans le ghetto de Varsovie. Donna serait le diminutif de Adonaï, le nom de Dieu en hébreu. Il est vain de chercher à attendrir Adonaï en l'appelant par son petit nom, Donna ; Dieu n'intervient pas. Le veau finit à l'abattoir. La version originale, en yiddish, est chantée dans un rythme rapide et heureux, selon l'esprit de la musique klezmer qui subvertit le tragique en joie, et chérit la vie.

On connaît souvent mieux les reprises que les originaux. *Donna Donna* ou d'autres chansons yiddish n'en sont que certains exemples : « *If I was a rich girl* », la reprise par Gwen Stefani de *Misirlou*, est aussi le générique du film *Pulp Fiction*. L'hymne du royaume d'Angleterre est un autre exemple : ma famille d'accueil à Beccles m'enseigna *God save the Queen* et ignore, à n'en pas douter, que Lully, compositeur du roi Louis XIV, en a été à l'origine. Alors que Sa Majesté était sur le point de subir l'ablation d'un kyste à l'intérieur de son royal postérieur, Lully écrivit, en guise de divertissement :

Grand Dieu, sauve le Roy,
Grand Dieu venge le Roy,
Vive le Roy !
Que toujours glorieux,
Louis victorieux
Venge ses ennemis toujours soumis.
Que toujours glorieux,
Louis victorieux
Venge ses ennemis toujours soumis.

Chapitre 9

Je ne sais pas ce que le passé nous réserve

Françoise SAGAN

Me voici à Chamonix, en proie à une contrôlite aiguë : je veux maîtriser mon corps, mon alimentation, la géographie, l'équipement et, si possible, la météo. L'amélioration de ma condition physique passe par un entraînement intensif et précis. Pendant une semaine, j'intègre un groupe dont l'unique objectif est de gravir chaque jour entre 1 500 et 1 800 mètres de dénivelé, quels que soient les aléas atmosphériques. Un entraînement rigoureux est la condition essentielle pour atteindre la forme physique requise à l'ascension du sommet. Certains acolytes m'appellent *Monsieur Mont-Blanc*. D'autres parlent de cette montagne comme de mon amoureuse. Tout mon entourage le sait : je vais tenter son ascension. Par superstition, je garde le silence. La nouvelle se diffuse malgré moi.

« Alors, voie Royale ou voie Normale ?

— Tu nous enverras des photos de là-haut ?

— N'oublie pas tes doigts sur place ! »

Chaque matin, je me réveille spontanément vers six heures, avec les premiers rayons de lumière, et pars courir avant le petit déjeuner.

Le soir, après les randonnées, je me prépare un repas basé sur des critères scientifiques d'efficacité musculaire : sucres lents et protéines sous forme de pâtes *al dente* et de viande blanche. Deux assiettes de poulet spaghettis tous les jours. Pendant la phase de digestion, j'alterne inhalations profondes et expirations rapides, mes globules rouges chargés d'oxygène plongent dans chaque pliure de mes muscles. Chacun de mes gestes est réfléchi en fonction de la future ascension. Obsession ? Délire ? Insatiable, infatigable, je me sens chaque jour plus fort en dévorant toute cette nourriture et toutes ces montagnes.

Jour 1 – Jonction et peinture fraîche

Le premier jour, le petit groupe de randonneurs part gravir la Jonction, entre les glaciers de Taconnaz et des Bossons, là où Balmat et le docteur Paccard avaient bivouaqué avant d'être les tout premiers à déflorer le mont Blanc, le 8 août 1786. Juste à la jonction des glaciers se trouve un immense bloc de granit sous lequel ils s'étaient abrités la veille de leur exploit : « le gîte à Balmat », à l'extrémité de la langue de terre encerclée des deux glaciers. Une plaque scellée à l'extérieur du rocher précise : Le 7 août 1786, les Chamoniards Jacques Balmat et Michel G. Paccard ont bivouaqué, dans des conditions difficiles, sous ce bloc de granit. Le lendemain 8 Août, à force de volonté et de courage, ils atteignirent pour la première fois le sommet du mont Blanc, ouvrant la voie de l'alpinisme moderne. Quelques mètres plus loin, à la jointure des glaciers des Bossons et de Taconnaz, pique-niquent des touristes impressionnés par les masses de glace gigantesques. Un sérac s'effondre devant la béatitude des visiteurs. L'un d'eux explique :

« Ce n'est plus le chemin d'accès au mont Blanc. Le glacier est trop instable. Les voies changent. »

La taille des blocs de glace aussi, et ces touristes ont peu de points de comparaison. Mais sur la droite, le glacier de Taconnaz a pris un grand coup. Sa langue est déchirée en deux : un trait noirâtre de terre le fend dans toute sa largeur. Il saigne de la boue et de l'eau glacée. Il n'a plus de neige qui le protège des rayons du soleil. Il est attaqué directement. Les surfaces grises capturent la chaleur du soleil. Le glacier suffoque. Il agonise.

Combien de temps encore cette jonction de glace existera-t-elle ? Un jour, ce lieu s'appellera encore « Jonction », sans que l'on sache vraiment ce qu'il joint. Je me remémore une histoire racontée par la mère de Marie, chargée de recouvrement dans une banque dont les agences en France étaient numérotées avec un code à quatre chiffres. Devant le code de certaines agences figuraient les lettres ZO ou bien ZL. Afin d'en comprendre la cohérence, la mère de Marie avait positionné codes et lettres sur une carte de France. Une fois cette tâche accomplie, elle avait tenté d'en analyser la logique, en vain. Interrogés, ses supérieurs hiérarchiques avaient été incapables de l'éclairer. La seule réponse obtenue était celle-ci : il était nécessaire que les ordres de virement entre les agences ZO et ZL et vice versa fussent tamponnés au siège par un service spécial. Les autres échanges monétaires étaient automatiques et ne subissaient pas de traitement particulier. Un jour, au siège, elle rencontra les agents de ce service spécial et les questionna. Eux-mêmes ignoraient le sens de ces vérifications.

« On tamponne les ordres, notre mission s'arrête là. »

Leur mission s'arrête là.

Plus tard, lors d'une célébration d'entreprise, la mère de Marie surprit des bribes de conversation entre deux retraités et les entendit plusieurs fois prononcer les lettres ZO, ZL… Tout à coup, elle comprit.

Depuis la fin de l'année 1940, cette codification s'était pérennisée, sans que quiconque ne se pose de question. ZO signifiait Zone Occupée, ZL, Zone Libre. Cette institution ne faisait-elle aucune différence entre guerre et paix ? Des dizaines d'années plus tard, les employés de banque vérifiaient toujours les échanges financiers entre Bordeaux et Toulouse ou entre Lyon et Paris. De la même manière, nous dirons un jour « Allons à la Jonction » sans savoir la raison de cette appellation.

Sur le sentier, le petit groupe de randonneurs longe tantôt un glacier, tantôt l'autre. Sur la gauche, au-delà du glacier des Bossons, la gare intermédiaire de l'ancien téléphérique des Glaciers émerge entre les sapins. Il a été remplacé en 1954 par un téléphérique plus moderne et audacieux qui monte jusqu'à la pointe de l'Aiguille du Midi. La carcasse de la vieille gare et les multiples pylônes en ferraille rouillée, jamais démantelés, ont des airs de friches industrielles qui défigurent la montagne.

Plus bas, l'ancien téléski des Pèlerins a été démonté. La raison en est occultée : chaque année, il tombe moins de neige. La compagnie des remontées mécaniques de la vallée de Chamonix compense les changements climatiques par la suppression des équipements de fond de vallée, infrastructures devenues des témoins encombrants d'un passé qui n'est plus et qu'il faut gommer. Ils installent aussi des canons à neige de plus en plus haut, au-delà de 2500 mètres d'altitude: la pénurie de neige atteint les sommets. Grâce à ces dispositifs, la saison de ski se maintient de fin novembre à fin avril. Elle est aussi longue qu'autrefois, quand la neige était plus abondante. Le touriste ne se doute de rien, ou peut rester confortablement installé dans le déni. De nouveaux chalets vont pouvoir occuper l'espace, aussi envahissants que la renouée du Japon qui submerge les jardins de la vallée.

Dans les Dolomites, à Val Gardena, en Italie, la situation est encore plus alarmante. La station est supposée détenir la plus grande longueur de pistes de ski au monde. En réalité, certaines pistes sont fermées au public durant toute la saison. D'autres, sous perfusion de neige artificielle, ressemblent à d'absurdes tapis roulants laiteux de centres commerciaux desservant la montagne grise.

Les glaciers sont l'objet de notre fascination. Présents depuis des millénaires, ils donnent l'impression d'être inaltérables. Éternels. Cette sensation d'infini nous émeut et nous rassure: si sur cette terre nous sommes de passage, les glaciers sont les sentinelles de notre mémoire. La calotte glaciaire ne donne-t-elle pas le Nord aux boussoles? N'aiguille-t-elle pas au quotidien les scientifiques vers notre passé?

Les glaciers constituent un remède qui adoucit nos angoisses existentielles, affirmant avec une certitude inébranlable : « Vous êtes de passage, petits mortels, mais soyez rassurés, les neiges sont éternelles. » Les glaciers mémorisent notre humanité mieux que les livres, trop aisément brûlés ou oubliés ; ils traversent les ères. La montagne, avec sa neige d'une violente blancheur et ses rochers dessinés au fusain, marque la frontière entre le monde éphémère des vivants et le monde minéral millénaire.

Chaque été, les contrastes s'atténuent, les frontières se floutent. Les mondes se rejoignent. Le monde des vivants entraîne le monde éternel dans sa dissolution. Les glaciers inaltérables se révèlent, dans la réalité, fins et fragiles. Plus leur épaisseur s'amenuise, plus leur disparition s'accélère. Quand ils seront tous anéantis, nous ne pourrons plus chercher notre passé en analysant des calottes de glace. L'extinction des glaciers emporte avec elle le patrimoine mémoriel de l'humanité. Celui qui permet de remonter dans le passé en millions d'années. Les témoins de notre histoire tirent leur révérence et se retirent doucement, emportant avec eux l'histoire de l'humanité.

L'hiver, la poudreuse de synthèse amenée par les canons à neige verglace les pistes, reblanchit les massifs. La technologie alloue à la montagne son lot d'usines désaffectées… et ses canons. Je refuse le présent, je ferme les yeux, je cherche dans mon esprit le souvenir de « comment c'était avant » et de ces nuits d'hiver, quand je rêvais qu'il neigeait et que, le lendemain, la montagne était repeinte de blanc.

Jour 2 - Lac Blanc et lacs des Chéserys

Le deuxième jour, le petit groupe de randonnée poursuit sa route vers le col du Belvédère, au-dessus du lac Blanc. Nous partons du village d'Argentière et passons par un sentier forestier agréable quoique assez raide, quand soudain, nous sommes arrêtés par une paroi de pierre verticale d'une cinquantaine de mètres sur laquelle sont fixées des échelles métalliques. Certains d'entre nous les gravissent d'une allure de chamois, d'autres ont l'élégance des chèvres.

Le sentier continue vers des alpages puis des pierriers. Après trois heures et une ultime côte, la chaîne du mont Blanc se dévoile sur le lac Blanc. Une alternative consiste à prendre le téléphérique de la Flégère et diviser ainsi le temps de montée par deux. Depuis le lac, le col du Belvédère se révèle après deux nouvelles heures de marche. Là, au point culminant du col, nous nous répartissons sur l'aplat d'une largeur de trois mètres à peine : au-delà, l'autre versant, abrupt, est presque vertical. Le vertige nous saisit. Le foehn, vent des Alpes, aspire poussières et choucas vers le grand vide. Attiré et révulsé par le précipice, j'agrippe des deux mains la roche fendue par le gel.

L'aiguille porte bien son nom : Belvédère. Dans le hall d'entrée de notre maison du chemin des Chimères, le glacier du Belvédère figure sur une carte en relief datée de 1981. Aujourd'hui, il est absent du paysage. À sa place sont des névés et des caillasses.

Dans la descente, nous faisons halte aux lacs des Chéserys. Moins impressionnants que le lac Blanc, ils sont encaissés dans une verdure chatoyante transpercée de rhododendrons rosés, de campanules violacées et de marguerites éclatantes. Nous faisons halte à l'emplacement exact où j'avais bivouaqué avec deux amies, Marion et sa sœur jumelle Marina, trois ans plus tôt.

Au réveil, à l'aube, j'avais cueilli une marguerite : « On joue ? » J'effeuillai la fleur : Je t'aime. Marion. Un peu. Marina. Beaucoup. Marion. Passionnément. Marina. À la folie. Marion. Pas du tout. Marina.

Marion, Marina, j'étais en pleine confusion : les deux prénoms étaient proches, et les visages identiques.

Pendant la grossesse de ma mère, j'avais donné mon avis : Aurore et Marguerite, deux sonorités dissemblables. Mes parents n'avaient pas adhéré à ma proposition :

« Une lumière et une fleur, ce ne sont pas des prénoms. »

À ma maîtresse d'école, j'annonçai qu'il s'agissait des prénoms de mes futures sœurs. Après l'accouchement, je persistai dans le mensonge :

« Elles sont nées ! Aurore et Marguerite. »

La maîtresse me donna un courrier à transmettre à mes parents : FÉLICITATIONS POUR LA NAISSANCE DE VOS FILLES, AURORE ET MARGUERITE.

Toute la journée, j'hésitai : communiquer la lettre ? La jeter discrètement dans une corbeille à papiers ? Pendant la récréation de l'après-midi, avec quelques fillettes, nous collectâmes des fleurs de marronnier séchées et flétries, tombées des trois arbres de la cour. Elles disposèrent leur récolte au sol et entreprirent de sculpter les contours d'une femme avec un gros ventre. Je déposai ma moisson au centre de l'œuvre commune. Sur le chemin du retour, en rentrant de l'école de l'impasse des Deux-Anges, dans le sixième arrondissement de Paris, je pris ma décision. Le soir, je transmis la lettre à mes parents.

Le fragment de papier inscrit Marguerite dans le réel. Il me berce dans le soyeux confort du déni.

Quelques jours plus tard, je suis convoqué à la visite médicale de l'école. Une infirmière me place à une certaine distance d'un tableau avec des lettres. La psychologue scolaire est assise derrière un bureau.

Je lis :

« Z U.

— Remonte, maintenant.

— M C F.

— Et plus haut ? »

Les lettres étaient floues.

« Approche-toi du tableau. »

Elle me place à quelques centimètres du tableau. D'une traite, je dis :

« O H S U E N L T A V R O X P H B Z D.

— Depuis quand tu ne vois plus les lettres au tableau ?

— Je vois flou depuis quelques jours. »

L'infirmière et la psychologue scolaire se dévisagent.

« C'est toi qui as une nouvelle petite sœur ?

— Oui.

— Comment s'appelle-t-elle ?

— Aurore et Marguerite.

— Tu en as une ou deux ?

— Une. »

La psychologue se tourne vers l'infirmière. Elles chuchotent.

« L'une des jumelles n'a pas survécu.

— Il est dans le déni, ce petit. Il somatise. Flou dans la tête, flou dans les yeux. »

Marion était une aventurière authentique. Ensemble, nous avons affronté les Chéserys. Nos échines ployaient sous un matériel que je n'avais jamais porté de toute ma carrière d'alpiniste amateur. Telle Mary Poppins qui extirpe de son sac de voyage un portemanteau, un miroir, une plante, un lampadaire, des chaussures, des habits, un mètre ruban, Marion avait rempli nos deux sacs à dos d'un attirail de camping exhaustif : une tente, de la nourriture lyophilisée, un sac de couchage, un matelas gonflable et un réchaud. Quand Marion ouvrait la molette de la petite bombonne bleue, elle laissait échapper le butane pendant une trentaine de secondes avant d'approcher le briquet. Le gaz viciait l'air de la montagne. Sans raison apparente, je suffoquais.

« Tu veux nous gazer ? »

Marina, en revanche, ne portait rien d'autre qu'un peu d'eau et du chocolat. Au fur et à mesure de notre avancée, elle ramassait quelques déchets en disant :

« Je fais ma part. »

Marion prénommait son sac « Gentil compagnon ». Je baptisai « Affreux lourdaud » celui que je hissai sur mon dos avec un gémissement, tant son poids m'avait surpris.

Nos corps étaient compressés : épaules rougies, cisaillées par les bretelles, hanches comprimées dans une ceinture ventrale, pieds de plomb alourdis par des semelles épaisses. Chaque pas nous ancrait davantage dans la terre. Affreux lourdaud se muait peu à peu en un prolongement de mon corps et bouleversait mon équilibre habituel. Un pas de travers, et une vacillation inattendue me déstabilisait. Je tanguais tel un nourrisson faisant ses premiers pas, sous le regard amusé de Marion, gracieuse sherpa de son Gentil compagnon.

Les pauses que nous nous octroyons pendant la montée donnent lieu à une sorte de débat existentiel qui m'était jusqu'alors inconnu : pendant ces quelques instants de repos, fallait-il nous délester d'Affreux lourdaud et de Gentil compagnon et ainsi soulager nos membres endoloris ? Nous séparer des sacs apporte un soulagement momentané, mais la reprise est cruelle. Sur une autre note, Trucco, mon violon, m'obligeait à un travail régulier ; sinon il se vengeait de mon absence en émettant des sons disgracieux. Affreux lourdaud, lui, me punit à chaque arrêt, aussi infime soit-il : les retrouvailles sont humides et pénibles. La peau des épaules écorchée vive se sent trahie par le retour de l'Affreux, toujours trop tôt. La douleur rappelle à nos corps notre existence. Plus nos pieds s'enterrent dans les chemins rocailleux, plus le sentiment d'exister est vif. Sur l'aire de repos des lacs, nos esprits libérés batifolent à la vue des spectacles offerts. Les herbes hautes dansent au gré de la brise, les reflets des montagnes tremblent dans l'eau, et l'extraordinaire immensité du massif du Mont-Blanc semble à notre portée.

À la tombée de la nuit, je pars chercher de l'eau. Bouillie, elle servira à faire cuire notre repas. Dans l'obscurité, je me retrouve nez à nez avec un chamois : nous sommes à un bras de distance et, visiblement, cette proximité inédite nous surprend tous les deux. Il baisse la tête en me montrant ses cornes pointues et souffle fort en émettant un son rauque. De la vapeur sort de ses narines et de son pelage, rendant la bête menaçante. En se mêlant au brouillard, les fumées donnent l'illusion d'une apparition surnaturelle. Ce n'est plus un chamois, mais un taureau prêt à charger. Je suis seul en chaussures de randonnée boueuses, avec ma sueur perlée au front et ma casserole d'eau à la main. J'envisage un instant de lui jeter à la tête le contenu du récipient. Je compte sur l'effet de surprise et je ris intérieurement de cette blague à la Chaplin. Je doute de l'efficacité de l'alternative : il pleut déjà et les gouttes ruissellent le long des poils de mon adversaire fulminant. Je recule lentement, sans lui tourner le dos. L'issue de la confrontation est incertaine ; j'ai souvenir que face à un chien agressif, la meilleure attitude consiste à lui tenir tête en le fixant dans les yeux. J'adopte cette stratégie et le chamois s'évapore, englouti par le nuage.

Seul avec ma casserole d'eau, je peine à retrouver dans la nuit et le brouillard la tente plantée en contrebas, à côté du lac. Je suis un sentier pendant de longues minutes. Les éclaircies tracent une voie lactée de brouillard entre le massif du Mont-Blanc et moi. Elles font apparaître la montagne et la mettent à ma portée, puis l'escamotent sans préambule. J'éprouve de grandes difficultés à déceler la lueur de la lampe frontale de Marion. Je mets du temps à admettre que je suis perdu. Je finis par crier de toutes mes forces :

« Marion ! Marion ! Marion ! »

L'Affreux me manque : j'ai un petit sifflet accroché à l'une des bretelles, accessoire bien utile pour attirer l'attention d'éventuels sauveteurs si je suis blessé ou perdu. J'avais éprouvé de la joie à laisser le sac au campement, ravi de lui faire des infidélités. Et là, je suis nu. Je me décide finalement à vider la casserole de son eau, le but premier de mon escapade. Je tape sur le récipient qui me sert de caisse de résonance. Marion ou Marina finit par m'entendre et me guider de sa voix. Je ne sais pas laquelle me répond, mais je suis heureux de les retrouver toutes les deux.

Jour 3 – Croix de fer

Le troisième jour, notre petit groupe projette une expédition pédestre en Suisse. Argentière n'est qu'à quelques kilomètres du pays neutre. À travers la montagne, les randonneurs ne sont pas contrôlés par la police des frontières. Nous marchons en file indienne. L'idée d'aller traverser la frontière à pied m'évoque les paroles de la chanson des exilés espagnols antifranquistes qui, en 1939, échappaient aux combats après une traversée des Pyrénées.

Españoles, salís de vuestra patria
después de haber luchado contra la invasión,
caminando por tierras extranjeras
mirando hacia la estrella de la liberación

Le parallèle entre leur situation et la nôtre est improbable : nous ne sommes pas des immigrés et ne cherchons pas l'asile en Suisse comme d'autres ont tenté de le faire dans les années 1940. Le passage en Suisse était alors interdit aux juifs. Cherchant à faciliter le contrôle de leurs frontières respectives, le gouvernement fédéral helvète avait dès 1938 réfléchi avec les nazis à un moyen d'éviter « l'enjuivement » du pays. Cette réflexion aboutit à l'utilisation d'un tampon encreur *J* rouge majuscule sur le passeport des juifs d'Allemagne, d'Autriche et du futur *nouveau Reich*. L'idée du *J* a été adoptée par les autorités du Reich, mais le pays neutre utilisait déjà cette identification en interne, dans les demandes de naturalisation des juifs, dès 1910.

Je pense à ceux tentant de fuir et de survivre qui auraient voulu passer de l'autre côté de la montagne et trouver une nouvelle terre, un pays où s'établir, où vivre. Mais le col était fermé.

Pendant ma méditation anachronique, le petit groupe entonne des comptines de randonneurs.

Un kilomètre à pied, ça use…

Ils perturbent le calme et la solennité du lieu. Le chant est redondant, les notes sont fausses. Je me détache du groupe en marchant plus vite. Le son s'estompe. J'entonne ma ritournelle espagnole. Petit à petit, le groupe intrigué se rapproche et finit par se rallier à la cause antifranquiste, sans le savoir. Le temps de déboucher ensemble sur le col de Balme, tout le petit groupe maîtrise les paroles du premier couplet et chante à l'unisson au moment de changer de pays :

Españoles, salís de vuestra patria
después de haber luchado contra la invasión,
caminando por tierras extranjeras
mirando hacia la estrella de la liberación

Soixante-seize ans plus tard, au col de Balme, point de démarcation entre la France et la Suisse, nous ne trouvons ni poste de garde ni barbelés. De part et d'autre du col, les chardons fleurissent les pâturages, les vaches, bercées par le timbre de leurs cloches, ruminent en rythme, les abeilles et coléoptères changent de pays avec indifférence, de fleur en fleur. La faune et la flore se jouent de la géopolitique.

Les frontières n'existent que lorsqu'elles sont fermées.

Environ trente minutes plus tard, nous atteignons un sommet suisse appelé Croix de Fer, éponyme de son ornement, haut de plus de trois mètres. Ce nom peu inspiré nie la mystique de la montagne : la croix l'enterre et la réduit à une matérialité indigente, à une tombe massive. La dernière montée, raide et glissante, révèle du vide de part et d'autre de la crête. Au sommet, le crucifix surplombe la ville suisse de Trient, à l'instar du Christ Rédempteur dominant Rio de Janeiro.

Je pense à mon oncle Ajzik. Il aimait dire avec son accent russe à la carpe farcie : « Les chrétiens ne peuvent pas être antisémites. Ils mettent partout des croix habillées d'un juif à poil tué par des Romains. Et si ce n'est pas un juif, c'est Marie, sa mère. Une juive ! Les statues sont placées sur les carrefours des villages, sur leurs tombes, au-dessus de leurs temples… »

Il avait oublié de parler des montagnes. Jésus ou Marie sont plantés partout.

Jour 4 – Le Buet

L'entraînement s'achève par l'ascension du mont Buet, à 3 096 mètres d'altitude, le plus haut sommet du massif des Aiguilles rouges, face à la chaîne du mont Blanc. Nous partons à six heures trente avec l'objectif de revenir vers dix-huit heures.

La plupart des grimpeurs passent la nuit au refuge de la Pierre à Bérard, situé à mi-parcours. J'y avais déjà dormi une fois. Ou plutôt essayé. Une partie du refuge avait été construite sous une pierre gigantesque (*la Pierre à Bérard*) dont le volume surpasse celui du refuge tout entier. Me coucher sous cette masse rocheuse n'était pas rassurant. Je n'ai pu m'endormir.

Dans la nuit, j'étais allé m'asseoir devant la porte d'entrée du refuge. Caligula voulait la Lune. Elle était là, face à moi. J'en disposais, seul. Elle défilait avec langueur, parallèle à la nuit, encadrée par les étoiles. Je reconnus la Grande Ourse avec sa forme de casserole sans couvercle et l'étoile du Berger, étincelante. Ma rêverie fut interrompue par les braiments de deux ânes. Ils m'imposaient de partager la lune avec eux. Que faisaient-ils là ?

J'obtins l'explication du gardien le lendemain matin :

« Si on peut éviter d'utiliser les hélicos, on le fait. Le refuge n'est pas accessible en pick-up. Oscar et Andin nous facilitent la vie. Les deux ânes portent ce qu'il nous faut pendant toute la saison. »

Sans ânes, et en portant nous-mêmes nos affaires, notre ascension éclair du mont Buet dure une dizaine d'heures : le Buet est appelé « le mont Blanc des Dames », au grand désarroi des filles du groupe de randonnée. L'année de la première ascension du mont Blanc, en août 1786, trois aventurières anglaises du Devonshire, les Parminter, ont tenté l'ascension du mont Buet. Deux sœurs, Elizabeth et Jane, et une cousine, Mary. Deux d'entre elles sont montées au sommet. Jane et Mary. Jeanne et Marie ; les mêmes prénoms que les locomotives du TMB. La troisième, Elizabeth, s'est arrêtée avant la partie enneigée. Elles furent les premières femmes à gravir un sommet de plus de 3 000 mètres d'altitude. À la performance d'escalader cette montagne enneigée s'ajoutait la contrainte de le faire en jupe, une obligation vestimentaire de l'époque. L'étoffe contraignait leurs pas et la neige détrempait leurs ourlets de laine, ajoutant un poids et un inconfort inutiles à leurs efforts.

Les descriptions historiques détaillent une montée finale de quatre heures sur la neige. C'était donc une montagne blanche. Un petit mont Blanc. Là, au mois de juillet, la neige a déjà disparu depuis plusieurs semaines. La dernière pente s'élève sur une moraine poussiéreuse, constituée de farine glaciaire et d'alluvions, qui s'érode vite: la glace ne le maintient plus. *Poussière tu es, et à la poussière tu retourneras.* Sans glaciers, la montagne retourne aussi à l'état de poussière.

Jour 5 - Aiguille du Midi

Le dernier jour, je me désolidarise du groupe et me rends à l'Aiguille du Midi, nommée en savoyard *Agouelye de Mi-jorn* par les habitants de Chamonix à l'époque où le clocher de la commune n'avait pas d'horloge. Le passage du soleil au-dessus de l'Aiguille à midi donnait une indication temporelle précieuse aux villageois. Aujourd'hui, elle se distingue des autres sommets par la présence d'une tour de télécommunication installée sur sa pointe.

L'accès se fait grâce à deux téléphériques successifs. Le premier tronçon démarre de Chamonix et s'achève au Plan de l'Aiguille. Le second dépose les passagers à 3 777 mètres d'altitude, là où l'oxygène se raréfie. En quittant la cabine, je me faufile entre les touristes et les alpinistes. Les premiers se plaignent, essoufflement, maux de tête. Ils déambulent et s'arrêtent devant les points de vue. Les seconds progressent jusqu'au départ de leur ascension. Ils quittent la plateforme de l'Aiguille, chaussent leurs crampons. Il leur faut d'abord descendre l'arête du Midi avant d'amorcer leur expédition, qui démarre 250 mètres en dessous, au col du Midi. La voie des trois montagnes blanches démarre à cet endroit : le mont Blanc du Tacul, le mont Maudit et le mont Blanc.

Ma toute première expérience d'alpiniste eut lieu ici, quand j'avais douze ans. Nous étions une dizaine à faire la descente à pied de la vallée Blanche, le nom prédestiné du glacier qui descend de l'Aiguille du Midi à la Mer de Glace.

À Chamonix, l'essentiel des courses glaciaires commence par l'épreuve de l'arête du Midi, une ligne de crête à pic, raide, large d'à peine un mètre avec le vide de part et d'autre. Débutant ou confirmé, il faut passer par là. En cordée resserrée, *tenus en laisse*, nous sommes descendus marche après marche, jusqu'au col du Midi. Surtout, ne pas tomber. Ne pas tomber, ne pas tomber. Mes crampons étaient mon seul horizon. Au col, j'ai enfin levé la tête. Nous avons allongé la corde et poursuivi l'excursion de plusieurs heures vers le Montenvers, où le petit train rouge à crémaillère nous attendait.

Malgré les crampons et ma vigilance, en contournant un sérac, j'ai fait une glissade dans une crevasse et j'ai tenté, dans un vain réflexe, de me raccrocher au bord gelé du trou de glace. La chute a été si rapide que je n'ai pas eu le temps d'avoir peur. Juste celui d'émettre un « oh » de surprise et de laisser tomber mon bâton, avalé par le glouton blanc.

Il le recrachera un jour. Personne ne peut dire quand, mais la montagne régurgite toujours tout ce qu'elle avale. Les crashs des deux avions indiens, le *Malabar Princess* en 1950 et le *Kangchenjunga* en 1966, en sont des exemples. Une légende raconte que le chargement du *Malabar Princess* contenait de nombreux lingots d'or. Le glacier ne les a pas encore livrés mais en 2013, un jeune alpiniste trouva un trésor et le remit à la gendarmerie. Alors qu'il évoluait dans le glacier des Bossons, il vit une boîte en métal gravée de la mention Made in India : elle était remplie de gemmes.

Le glacier ne me retint pas prisonnier. Attaché de part et d'autre à mon père et à un guide, chacun d'un côté de la crevasse, les deux figures paternelles tirèrent sur la corde et je me retrouvai suspendu au vide, bien accroché. Un funambule sans fil.

Un touriste chargé de trois appareils photographiques et d'un grand trépied me bouscule et me sort de ma digression nostalgique. Je suis à l'avant-veille de l'ascension, la vie est dans l'à-venir.

Je trouve enfin ce que je cherche : un petit escalier cranté. Les marches mènent à une porte métallique fermée, sans doute le centre de maintenance du téléphérique. Je serai tranquille ici. Je monte les marches et les redescends, de plus en plus vite, puis à toute vitesse, et enfin, en sautant d'une marche à l'autre. La rampe de métal, givrée, me surprend au premier contact. Au fur et à mesure des va-et-vient, elle se réchauffe. J'exécute une série de pompes, de burpees, de sauts. Je me tiens en position de gainage : seuls mes coudes et mes orteils touchent le sol. Je tiens la position un temps long en contractant tous mes muscles. Le rythme de mes respirations occupe toute l'attention de mon cerveau. Je cherche à me fatiguer mais mon énergie est intarissable. Après-demain, je n'ai aucun doute, j'irai. Tout en haut, en haut, en haut.

Mont Blanc, me voici, je suis prêt.

Chapitre 10

Mais lui c'est différent, il est né sur
le mont Blanc,
C'est un grand alpiniste, un amant
monument,
Tu as perdu sa piste
CAMILLE, *Au Port*

La nuit du dimanche 31 juillet 2016, je m'installe dans la chambre située sous le faîtage de la maison. Une forte pluie transforme les combles en caisse claire. Les gouttes s'abattent à vive allure et en cadence, au rythme d'un roulement de tambour. En réponse, le tonnerre résonne dans la vallée avec la vigueur d'une grosse caisse, répétitif, effrayant, messager d'un final ténébreux.

Les intempéries s'annoncent hostiles à mon projet. Un nouvel échec lié à la météo est-il à prévoir ? S'il pleut ici, il neige là-haut. Les rochers recouverts ne seront-ils pas plus glissants ? N'est-il pas dangereux de monter ? Le guide que j'ai choisi me conseillera-t-il de différer le grand jour, renonçant à sa rémunération ?

Je regrette de ne pas avoir été plus avisé dans mes annonces intempestives de départ.

Six heures sonnent. Pendant toute une nuit insomniaque, j'ai attendu le réveil. Je me prépare sans bruit dans la maison silencieuse, étonné de tenir debout malgré les épisodes de sommeil chaotique. La pluie s'est arrêtée. Par la fenêtre, j'analyse le paysage. Le mont Blanc est dans ses jours de grande bouderie. Il s'est caché dans son plus épais nuage. Un étranger à la vallée n'aurait pas soupçonné sa présence.

Moi, je te connais. Je ne vais pas décamper maintenant. Je suis prêt.

Mon sac est plus volumineux que celui de la balade familiale du glacier de Bionnassay depuis le Nid d'Aigle, et bien moins pesant que l'Affreux du lac des Chéserys. Je l'ai préparé avec rigueur : le strict nécessaire. Des pâtes de fruits, un change, de l'eau, un pique-nique. Le piolet, le casque et les crampons sont accrochés avec des sangles. Un point rouge attire mon attention sur la table de chevet. Je saisis la petite locomotive et la contemple quelques instants avant de renoncer à l'introduire dans mon sac, dont le contenu peut être vérifié par le guide à tout moment. Je la glisse dans ma poche. À présent, je peux partir.

Le guide m'attend en bas du chemin. Sitôt face à lui, je me surprends à lui dire :

« Partons-nous ? Vraiment ? Ne faut-il pas différer ?

— Bien sûr que nous partons. La météo de Cham a prévu 70 % d'ensoleillement. Nous avons réservé le refuge. Nous partons ! »

Je suis dubitatif: 70 % d'ensoleillement quand on ne voit pas à dix mètres ? Peut-on faire confiance aux prévisions météorologiques, surtout en montagne où le climat change si vite ? Avoir réservé une nuit en refuge nous contraint-il au départ ? L'assurance d'un professionnel, guide enthousiaste et expérimenté, a raison de mes hésitations. Il connaît bien sa montagne – ma montagne. Mieux que moi ? Il l'a connue quatorze fois. Je vais lui faire confiance.

« Ta mission est simple : m'emmener au sommet et me ramener vivant. »

Il hoche la tête, place nos sacs dans son coffre et s'engouffre dans l'habitacle. Sa vieille voiture rouge me rappelle la Honda que j'avais louée à Genève. Ses grincements brisent la monotonie du ronronnement du moteur et du couinement des essuie-glace : les bandes en caoutchouc rebondissent sur le pare-brise marqué de deux traces d'impact. Mon regard se fixe sur les imperfections de la paroi vitrée. Deux petites étoiles, deux petites âmes. La nuée est si dense qu'on ne voit absolument rien. On devine seulement la flamme du mémorial de la catastrophe du tunnel du mont Blanc.

« Trente-neuf morts, brûlés ou gazés. On en connaît tous un ici. »

Mon guide n'avait pas été très loquace jusque-là. La discussion sur ce sujet m'était difficile, je manquais d'inspiration. Notre silence mélangé aux clapotis des essuie-glace et au râle du moteur créait une étonnante cacophonie : celle du recueillement, de la solennité et de la concentration.

Au pied du téléphérique des Houches, les guides se saluent. Ils sont en représentation devant leurs clients, dans une pièce dont ils sont les héros. Le client est donc rassuré. Les experts de la montagne se serrent la main et s'interpellent par leur prénom. Pierre, mon guide, l'enfant de la vallée, est connu et apprécié de tous.

Les conversations simultanées des guides sont impossibles à suivre :

« Alors, Les Drus ? C'était comment ?

— Pas trop mal. Je n'ai pas reconnu la voie Nord. Depuis les derniers éboulements, elle a sacrément changé. Un jour, si ça chute encore, peut-être que la Vierge du sommet tombera. Ce sera alors la fin du monde. »

Je questionne mon guide du regard.

« Avec la hausse des températures, le permafrost ne colle plus les blocs de granit entre eux. Les masses de pierre se détachent un peu au hasard. La Vierge Marie de 13 mètres au sommet n'a pas bougé cette fois-ci. Mais une prochaine fois, qui sait ? Tu imagines si elle tombe ? Personne n'imagine Marseille sans Notre-Dame-de-la-Garde et sa Vierge au sommet. »

Un autre guide intervient :

« Hé, Pierre, tu t'en es sorti avec ton Ricain ?

— Ha ha, Jean-Mi le taquin. Je t'en pose des questions sur ta Verte ? »

Une cacophonie de rires s'ensuit.

Je demande :

« Y a-t-il des femmes guides ?

— Il y a Sylviane et Fleur.

— Et Pierre ! »

Les guides feignent l'amusement. Jean-Michel, l'ancien de la vallée, a grimpé tous les sommets, et il a piétiné plus de trois cents fois le mont Blanc. Il ne compte même plus les ascensions.

Nous entrons dans la benne Les Houches-Bellevue. Elle va de 1 000 mètres à 1 794 mètres d'altitude en cinq minutes. Mon sac gêne la fermeture de la porte. L'opérateur demande à Pierre, en l'appelant par son prénom, de me décaler vers l'intérieur de la cabine. Qu'il soit si souvent appelé par son prénom par les autres guides, et même par le cabinier du téléphérique, me rassure. Mon guide est certes jeune, mais il est reconnu en tant que guide par ses pairs. Je me sens dans de bonnes mains.

Dans la cabine d'une quarantaine de places, les clients sont silencieux ; leur parole est aspirée par la crainte. Verront-ils le sommet ? Reviendront-ils vivants ? Ils sont figés et absorbés par le spectacle.

À la gare supérieure du téléphérique, à Bellevue, nous sommes encore dans un brouillard dense et nous avons de la peine à distinguer le petit chemin qui mène à l'arrêt « Bellevue » du Tramway du Mont-Blanc. Il pleuviote encore. Mon guide jette un regard serein sur la masse grise.

« Dans moins de deux heures, nous regarderons de haut les cumulonimbus. »

Le train est là. Il est bleu saphir.

« C'est *Jeanne* ? »

J'étais fier de lui montrer que je suis un peu de la vallée.

« Non, c'est *Marie.* »

Le prénom est inscrit en lettres d'or sur la locomotive du train. Une fois à l'intérieur, nous mettrons une vingtaine de minutes avant d'atteindre le Nid d'Aigle, à 2 372 mètres d'altitude, le point de départ de l'ascension. Marie. Marguerite. Je m'imagine côtoyer

Marguerite, ma petite sœur absente, le temps de notre montée « au-dessus des nuages ».

Au Nid d'Aigle, après la traversée du tunnel, le train s'arrête en pente, là où le rail s'achève. Le guide ouvre la porte, descend du train et me dit :

« Suis-moi ! »

Nous sommes les premiers sur le sentier : il tient à cette préséance, et l'idée me plaît. Je me revois vingt-quatre ans plus tôt quand je dévisageais, fasciné, les alpinistes. Cette fois, je suis celui qui part. Je me retourne : aucun petit garçon rêveur à l'horizon.

Nous montons par un sentier de moyenne montagne classique, sans grande difficulté, vers le refuge de Tête Rousse. Ce nom m'était si familier que longtemps, je n'ai pas pensé à sa signification ou son origine. Quand la curiosité m'a poussé à entreprendre des recherches sur la genèse de ce nom insolite, je n'ai rien trouvé.

Très vite après le début de la marche, le guide profère un compliment inattendu.

« Tu sais marcher, je suis rassuré. J'étais ici, la semaine dernière, avec un client new-yorkais, venu juste le temps du week-end. Il a atterri le vendredi soir à Genève et nous sommes partis samedi matin. Son avion de retour était programmé dimanche soir. C'était "Mont-Blanc Express". Déjà, sur ce petit sentier, le souffle lui manquait : je savais que nous n'irions pas jusqu'au bout. Nous avons rebroussé chemin à Tête Rousse. J'avais demandé à être payé d'avance car j'avais des doutes sur sa préparation. Il s'était entraîné en salle de sport, le rigolo. L'alpinisme fonctionne au mental. Pas aux biscotos. »

Certains se présentent face à cette montagne avec condescendance – et sont aussitôt recalés.

La rencontre d'un troupeau de chamois nous récompense d'être partis en éclaireurs. Les randonneurs ne les ont pas encore fait fuir. Nous marchons depuis deux heures et nous voilà déjà proches du refuge. Nous avons franchi 800 mètres de dénivelé. La transition entre la moyenne montagne et la haute montagne se fait ici, à la limite entre les pierriers et le glacier de Tête Rousse. À 3 100 mètres d'altitude, nous lui faisons face. Le refuge de Tête Rousse se trouve de l'autre côté du glacier. Nous fixons les crampons métalliques à nos chaussures. Pierre me dit :

« Bienvenue en haute montagne. »

Sans faire de halte au refuge, nous le laissons sur notre droite et entamons l'ascension de l'aiguille du Goûter, de face. En levant les yeux, je cherche le refuge du Goûter, à la pointe de l'aiguille. Je n'aperçois qu'une poignée d'alpinistes déjà engagés sur la voie et je comprends qu'ils ont dû partir tôt le matin depuis le refuge de Tête Rousse. Sinon, ils n'auraient pas pu être devant nous. Pierre m'explique la suite de notre programme :

« Nous devrions aboutir au Goûter vers treize heures. Je nous ai réservé la nuit, mais en réalité, nous nous reposerons cet après-midi et nous partirons vers deux heures du matin rejoindre le mont Blanc, au lever du soleil. »

L'ascension vers l'aiguille est autrement plus technique que la marche précédente : des pierres recouvertes de neige nous font trébucher. Je m'accroche aux cordes métalliques fixées sur la paroi, tandis que Pierre, puriste, marche les mains libres. Les cordes sont glacées. Depuis le passage en haute montagne, le sentier n'existe plus que par des repères : des pierres marquées d'un disque rouge d'environ dix centimètres. La neige les a masqués. Entre le Nid d'Aigle et le glacier de Tête Rousse, Pierre était un simple comparse : j'aurais pu monter jusque-là avec n'importe qui. Depuis que nous avons chaussé les crampons, sa connaissance des passages à emprunter, une fois les indices écarlates recouverts par la neige, rend sa présence essentielle.

Après une trentaine de minutes, nous nous apprêtons à traverser le couloir du Goûter. Un lieu étrange où l'on remet sa vie au bon hasard : chutes de cailloux ou de pierres sont fréquentes.

« Faut-il courir en espérant ne pas recevoir de cailloux sur la tête, ou bien avancer prudemment en observant le ciel ? »

Mon casque me paraît bien dérisoire.

Pierre me donne la marche à suivre :

« La neige matinale restreint le risque de chute de pierres. Il vaudrait mieux braquer les yeux à terre et ne pas trébucher. Et si tu traverses vite, tu minimises le danger de recevoir une pierre sur la tête. À cette heure-ci, tu prendrais plus de risques en ne faisant pas attention où tu mets les pieds. »

Pendant la traversée du couloir, je ne peux m'empêcher, par moments, de scruter la grisaille dense des agrégats nuageux et d'anticiper la chute intempestive du rocher qui aurait décidé de se payer ma tête.

En montagne, les couloirs sont des passages, potentiellement dangereux, qui canalisent avalanches et chutes de pierres. À mes yeux de néophyte, le couloir du Goûter se présente comme une voie inoffensive. Je prends conscience du danger seulement en entendant fuser des cris venus des premiers ascensionnistes :

« Pierre ! Pierre ! Pierre ! »

Le prénom se répercute de toute part, porté par le brouillard et amplifié par l'écho de la paroi. Mon guide est-il si connu parmi les grimpeurs ? Dans l'épaisse brume, quelques pierres se fracassent, malgré l'heure matinale. En me retournant, j'aperçois la caillasse rouler derrière moi.

« Encore des idiots qui ne respectent pas la règle ! En montagne, on ne dit pas “pierre”, pour éviter la confusion avec le prénom. Il faut crier “cailloux” ou “*rocks*”. »

Nous passons sans être cabossés. La mort par chute de pierre au couloir du Goûter est un fantasme entretenu par chaque ascensionniste. En réalité, les cailloux atteignent en moyenne quatre personnes par an sur les dizaines de milliers qui s'y risquent.

La montée est ensuite plus abrupte et demande une vigilance accrue. L'escalade nécessite une agilité constante pendant les deux heures qui suivent. À chaque virage, je m'aide de mes mains en agrippant les rochers recouverts de neige. Les moufles de ski me protègent du froid mais compromettent mon habileté. Je décide d'enfiler les gants en coton et gagne en dextérité. Très vite, les gants s'imbibent d'eau glacée. À chaque contact, la roche rugueuse m'écorche la peau. Lorsque la pente est plus douce et ne sollicite que les jambes, mes mains sont statufiées par le vent et le froid. Le rythme est soutenu. Nous prenons vite de l'altitude, mais nous n'avons pas encore percé la masse grise et humide qui nous enveloppe depuis le début de la journée. Tout à coup, sans aucune transition, nos têtes émergent de la brume, et nous voici dans un ciel d'un bleu intact. Tels des aigles, nous surplombons à présent une mer de nuages.

Les effets de l'altitude se font ressentir : mes poumons aspirent l'oxygène à grand bruit. Je ne me sens pas physiquement fatigué, mes jambes et mes bras ne sont pas douloureux, mais ma tête me fait souffrir. Mon cerveau fait sa crise d'adolescence : il veut s'agrandir et s'émanciper, alors qu'il reste emprisonné dans ma boîte crânienne. Nous apercevons le refuge, notre but de la journée. Chaque pas nous en rapproche, mais l'abri reste à distance pendant très longtemps. Notre programme : déjeuner, nous reposer avant de repartir au milieu de la nuit. La fin de l'effort de la journée est toute proche.

Quand nous accédons enfin à l'aiguille du Goûter, affamés, les gardiens du refuge nous accueillent et nous proposent une carte simple : lasagnes végétariennes ou pâtes bolognaise au prix d'un plat bistronomique d'un restaurant branché du Marais. L'eau coûte le prix d'une coupe de champagne. Il faut les excuser. Ils sont approvisionnés par hélicoptère. Le refuge est inaccessible aux ânes. Nous nous posons devant une des tables collectives de la grande salle à moitié vide.

Deux Suédois épuisés sont avachis sur une table voisine. Ils sont montés depuis Tête Rousse en cinq heures au lieu de deux, soit autant de temps que nous depuis le Nid d'Aigle. Ils s'étaient perdus. Je regarde mon guide avec des yeux reconnaissants.

Le réfectoire du refuge se remplit peu à peu pendant que nous engloutissons nos pâtes. Concentré sur mon assiette, luttant contre un mal de crâne lancinant, je distingue quelques mots dans une vaporeuse écoute passive. « Rafales de vent », « soixante-dix kilomètres par heure », « moins quinze degrés ».

J'interroge Pierre en silence.

« Le vent va se lever cette nuit, et cela peut être dangereux. Au-delà de soixante-dix kilomètres par heure, les rafales peuvent nous déséquilibrer sur les arêtes. Mais nous n'y sommes pas ; la vitesse du vent est acceptable, cela va juste fouetter un peu fort sur le visage.

— Ne peut-on pas éviter cela et partir à un autre moment ? »

La lumière dehors est magnifique maintenant. La perspective du vent fort et glacé, en pleine nuit, n'est pas très engageante.

Pierre réfléchit tout haut aux alternatives :

« En effet, nous pouvons repartir dans la foulée. Si on démarre à quatorze heures, on est à dix-huit heures sur le sommet, et de retour ici à l'heure du dîner, vers vingt heures trente. On dort et on redescend demain matin. »

À présent revigoré par le repas sans saveur mais chaud, je trouve son idée judicieuse. Pierre ajoute cependant une condition.

« Si on ne monte pas jusqu'en haut à cause de la fatigue, on ne retente pas la montée demain. »

J'accepte le marché. Je préfère parvenir au sommet dans le calme et la lumière plutôt que ballotté par le vent dans l'obscurité. Nous éviterons ainsi de faire partie de la guirlande lumineuse des ascensionnistes qui se suivent à la queue leu leu sur la crête. Avec l'unique compagnie de mon guide et de la montagne, je ne serai pas le « *suivant* » de la chanson de Jacques Brel, celui qui attend avec un savon et une serviette qu'un adjudant l'appelle en beuglant « *Au suivant !* » Je serai seul lorsque j'atteindrai l'objet de mon désir.

Le guide immortalise l'instant du départ du refuge du Goûter. Sur la photo, avec notre barbe et notre accoutrement de montagne, bonnets, écharpes, lunettes de soleil, nous ressemblons à des frères jumeaux. La figure paternelle du guide est éclipsée.

Mon casque dépasse du sac à dos.

« Il ne fallait pas prendre ton casque : à cette altitude, il n'y a plus de pierres qui pourraient te tomber dessus.

— Trop tard… »

Très vite, nous apercevons le dôme du Goûter : une coupole blanche, déserte, traversée d'une trace bien visible créée par les alpinistes. À notre altitude, le ciel est si bleu qu'on en oublie ses proches restés sous la pluie dans la vallée, inquiets sans doute en observant la sinistre masse nuageuse qui leur obstrue la vue. Ils ne savent pas que nous sommes en surplomb de cet amas nébuleux. Ils n'imaginent pas l'expérience chimérique que nous sommes en train de vivre. Impossible de leur envoyer une photo. Nous sommes coupés du monde d'en bas.

Chacun de nos pas bat la mesure de morceaux de musique différents. J'essaie de ralentir mon cœur afin qu'il soit en rythme avec la mélodie qui naît en douceur. Les battements cardiaques font vibrer ma poitrine, mes poignets, mes tempes. Je les sens à travers tout mon corps. Ils dessinent le réseau artériel qui m'anime.

Les seuls mots que nous échangeons avec le guide concernent les petits ajustements du tempo des pas. Chaque modification du rythme de la marche implique un changement d'air. Chopin et Tchaïkovski s'imposent : des as du réchauffement des esprits. Des compositeurs de pays froids. Des romantiques. Leurs notes se précipitent et se livrent une course effrénée, à l'image d'un torrent impétueux dont l'eau jaillit d'un rocher avant de rejoindre la mer.

Le guide a-t-il une musique en tête ? Aime-t-il le violon ? Pense-t-il au *Double Concerto* de Bach, ce morceau dans lequel deux violonistes dialoguent avec des voix jumelles qui se répondent, en parfaite osmose ?

Non, il doit avoir la *Chaconne* en tête. Dans ce dernier mouvement de la *Deuxième Partita* de Bach, il se passe le phénomène contraire : le violon solo se démultiplie et crée l'illusion d'une deuxième voix, distincte.

Ces incursions dans les pensées hypothétiques du guide me font perdre la cadence. Je m'essouffle en me décalant du pas qui rendait l'ascension confortable. À présent, ma tête lancine, je suis au bord du malaise, mais mes jambes ne tremblent pas, elles se sont substituées à mon cerveau. J'avance, automate dépourvu de pensées. Du talon d'Achille aux quadriceps et aux adducteurs, la mécanique des muscles de mes jambes est bien huilée. Les séances d'entraînement sur la plage de Tel-Aviv n'ont pas été vaines. Mes pieds marchent tout seuls en suivant la trace qui mène au sommet. Les pas du guide marquent la pulsation. Pierre est un chef d'orchestre involontaire. Nos chaussures écrasent la neige et soulignent un peu plus la trace glacée. Nos crampons crissent à chaque foulée.

Nous voici à la hauteur de l'abri Vallot, à 4362 mètres d'altitude : une cabane de secouristes à mi-chemin entre le refuge du Goûter et le mont Blanc.

Un guide à la longue barbe et sa cliente sont assis, une femme brune d'une quarantaine d'années, adossés au mur de l'abri. Ils font une pause dans la redescente. Une pause. J'en rêve depuis que nous sommes repartis, il y a deux heures. Visiblement, mon allure et mon état ne sont pas plaisants à voir. Le barbu tente un encouragement :

« Une personne sur trois seulement atteint le sommet, mais un proverbe de la vallée dit : "*Qui va à Vallot va là-haut.*" »

Et qui va à vau-l'eau ?

Douterait-il de mes capacités ? La rage m'envahit et me redonne de l'énergie.

Par bonté d'âme, Pierre extrait la gourde de mon barda et la met dans le sien. Je puise dans le fond du sac une pâte de fruits en prévision d'un épisode d'hypoglycémie. En la glissant dans ma poche, mes doigts accrochent la petite locomotive en bois rouge. Mon Tramway du Mont-Blanc miniature. Dans une bouffée de délire, j'en amplifie les proportions et j'imagine son tracé prolongé jusqu'au mont Blanc.

L'ultime montée vers le sommet est raide : l'angle est supérieur à cinquante degrés. Nous nous insérons dans un passage vertical et étroit composé de deux monticules glacés appelés arête des Bosses. Petits pas à petits pas, nous avançons sur l'arête : à chaque enjambée, nous utilisons la pointe des crampons en les enfonçant dans la paroi de glace et plantons nos piolets, une sorte de troisième jambe, rempart contre la glissade. Malgré tous ces efforts, si chaque pas nous élève de quelques centimètres, la prise d'appui dans la glace en fait perdre la moitié. Le bruit des crampons dans la glace bat le tempo de la *Marche funèbre* de Chopin. La régularité implacable du début du mouvement de cette sonate entre en résonance parfaite avec la solennité de cette montée escarpée vers le ciel. Les palpitations de mes artères font enfler mes tempes. Je me repasse en tête les premières phrases de ce morceau musical, juste avant le passage joyeux de ce mouvement car oui, Chopin avait compris que les enterrements ne sont pas toujours lugubres.

Après l'arête des Bosses, l'arrondi du sommet du mont Blanc se fait plus doux. La musique dans ma tête cesse juste à ce moment-là. Le silence me prend de court. La marche continue sans musique, à la vitesse d'un cortège funéraire. Derrière quel cercueil ? Celui de Marguerite ?

La montagne joue de la musique douce. Un silence plein, sonore, troublé par les bourrasques et par mon souffle, si court et saccadé que je l'entends plus fort que le vent. Je suis à bout de souffle. Suis-je proche de Marguerite, elle qui a le souffle coupé depuis sa non-naissance ?

Vents d'est, vents d'ouest, vents d'en haut, vents de côté, les vents attaquent de toute part. Les flancs des montagnes sont dans notre dos : sur la crête, il n'y a pas d'abri.

À l'intérieur de moi, la musique est remplacée par un ramdam de timbales, un tintamarre terrible joué par le froid qui cogne contre le cerveau. Le froid comme un marteau.

Barou'h ata Ado-naï Elo-hénou Mélè'h Haolam, chéhé'héyanou vékiyémanou véhiguianou lazémane hazé (*Béni sois-tu, l'Être, roi du monde, qui nous a donné la vie, nous a soutenus et nous a permis d'atteindre ce jour*)

La prière que l'on adresse en remerciement à l'Être divin, dans la tradition juive, monte en moi. Les parois de mon crâne réverbèrent chaque mot de cette célébration du privilège d'être en vie. En présence d'un danger de mort, l'être humain se rapproche du divin et de la religion. N'en sont pas exemptés les athées, les gauchistes, les laïques. Ni Ajzik, *der Kommunist*, militant révolutionnaire soixante-huitard, ni moi. J'ai peur. Du vide ? Du vent ? De mourir.

Dans les moments de fragilité, la musique liturgique vient à mon secours. Je ne m'interdis pas d'invoquer Dieu à travers chants et prières en hébreu. Énoncer cette prière au sommet n'a rien de religieux mais s'inscrit dans une transmission symbolique dont je suis un maillon, un passeur.

De la vallée, il est impossible de me distinguer. Les jumelles ne transpercent pas l'épais manteau nuageux. Jumelles. Marguerite. Si je rencontre son esprit à l'entrée de l'autre monde, ce sera une rencontre sans témoin. Je suis ici sans témoin du monde des vivants. Même avec des jumelles, je suis invisible des personnes de la vallée. Personne ne peut distinguer d'en bas ni ma silhouette ni ce paysage polaire, ce paysage supraterrestre formé de glaciers d'une blancheur à peine maculée, de temps à autre, par les stries noires des saillies rocheuses. Tant d'éclat autour de soi est d'une formidable violence, une claque de beauté. J'assiste à un combat entre la glace et la pierre. Les rochers gagnent du terrain, chaque année un peu plus. Il faudra faire le deuil des neiges éternelles.

Pendant la montée, mes jambes avaient accaparé toute mon énergie et confisqué l'air que je respirais. À présent, ma tête désoxygénée s'abandonne à une ivresse inconnue, alimentée par la vision des sommets enneigés en contrebas du mont Blanc, petits, si petits. Depuis cette altitude, la perspective change : je fais partie du paysage que tant d'yeux déshabillent depuis la vallée. Je suis la montagne, immense comme la montagne, nu comme la montagne. Éternel comme les glaces, qui ne le sont plus. Ici et là, la nappe neigeuse est perforée d'éminences noires. Mises bout à bout, elles forment une dorsale, la colonne vertébrale d'un monstre géant dont la peau blanche s'effrite et devient lépreuse. Dans le combat entre glace et pierre, les rochers gagnent du terrain, chaque année un peu plus. Bientôt, il n'y aura plus de *marche glaciaire*, seulement de la *marche mixte* ou de l'*escalade*. Le temps altère la montagne, vieille de millions d'années. Le temps passe sur moi, qui ai presque trente ans ; il passe sur mon deuil impossible d'une sœur non-née, Marguerite, pour qui le temps est figé. Sans âge, Marguerite est, elle, éternelle.

La concentration sur l'alternance mécanique de mes pas m'a détourné, jusque-là, de la contemplation du paysage. Le battement sonore du crampon dans la glace focalisait mon attention. Sur le sommet du mont Blanc, mes pieds bien ancrés au sol, je fais face au vent. Je tourne la tête à droite ; le versant italien m'est moins familier. Ses masses glacées orientées plein sud s'évaporent. Plus à droite encore, je reconnais le chemin que nous avons emprunté : la trace glacée sur l'arête des Bosses, le dôme du Goûter, l'aiguille de Bionnassay. Au loin, d'autres montagnes inconnues aux sommets enneigés. Je pivote, j'ai maintenant fait plus d'un demi-tour. Un épais manteau nuageux a englouti les Aiguilles rouges, en contrebas du massif du Mont-Blanc.

Je poursuis mon tour sur moi-même. Au-dessus des vagues de nuages, l'horizon est circulaire : la terre est ronde. Sa révolution autour du soleil dure une année. Ma petite révolution à moi dure à peine quelques secondes. Je suis plongé dans une faille spatiotemporelle, au plus près de Marguerite et de l'autre Monde. J'en veux pour preuve le déchaînement des éléments. Le vent force mon dos à se courber et mes yeux à se plisser. Il contraint le mont Blanc à se démaquiller, soufflant sur la neige qui tourbillonne et s'évade. La poudrerie me brûle le visage. Le vent est forge, fouet, feu. En dehors du bruit de mes pas et de mes musiques intérieures, je n'entends que le vent. Le vent, le vent. Nul ne vit ici, pas même les grands rapaces. Aveuglé par tant d'éclat, je ne distingue plus ni ciel ni terre, je suis entre le royaume des vivants et celui où s'écrivent les Tables de la Loi. Poussé par les éléments, je me prosterne. Marguerite est là, toute proche. Les morts et le divin sont invisibles, mais je ressens la présence de Marguerite.

Au bout de ce tour à trois cent soixante degrés, mes paupières se décollent. Je me tiens à nouveau droit, vers l'est, dos au soleil et face à Pierre dont les lunettes réfléchissent les rayons. Mon guide a rempli sa mission de me conduire sur les cimes, au plus haut.

Mon guide, que dis-je ? L'homme-animal sorti de sa tanière. Il jette son sac au sol et déboutonne sa combinaison. Une giclée jaune fumeuse creuse la neige. Une douche de gouttelettes incontrôlables dispersées par le vent souille la montagne vierge. Il marque son territoire. J'ai de la peine : l'urine va congeler et rester sur les flancs du mont Blanc, côté italien. J'aurais voulu effacer le guide du paysage mais je ne peux pas m'éloigner : la corde verte de huit mètres m'accroche toujours à lui ; le moment est venu de couper le cordon. J'ai suivi Pierre comme un père alors qu'il a mon âge. Pierre, mon père-jumeau…

Je quitte Pierre du regard. Mon œil naïf se focalise sur la petite croix métallique plantée au sommet d'où une affichette plastifiée virevolte au gré des bourrasques : Mont Blanc. Les lettres humidifiées dégoulinent. Elles pleurent de douleur. L'écriteau misérable n'est pas à la hauteur du lieu.

Le foehn frappe par rafales irrégulières. Les à-coups du vent sont aussi violents que ceux ressentis vingt-cinq ans plus tôt, en Bretagne, lors d'un séjour en classe de mer. J'étais le plus petit de la classe parce que j'avais un an d'avance.

La maîtresse d'école était venue avec sa fille d'une dizaine d'années. Une grande, par rapport à mes sept ans et les huit ans de la plupart des autres élèves. Au bord de la jetée, les vagues frappaient à intervalles réguliers et inondaient la promenade. Le vent menaçait de me déséquilibrer. J'en riais. J'imaginais que si j'ouvrais mon K-way, je pourrais m'envoler. Mon imperméable se serait transformé en voile de bateau, en aile d'oiseau. L'institutrice avait dû penser la même chose. Elle a demandé à sa fille de me prendre par la main :

« Ne le laisse pas s'envoler. »

La maîtresse avait pris mon autre main, sans doute par prudence. J'avais à présent les mains liées à ma maîtresse et à sa fille. Elles m'imposaient de garder les pieds sur terre. Rien, pas même le vent, ne pouvait m'ébranler. L'impression de légèreté avait disparu. La violence du vent avait perdu son pouvoir et ne m'atteignait plus.

À l'âge de cinq ans, j'étais à Ouessant avec mes parents. Le vent fouettait avec la même force.

Ma mère limitait ses promenades. Elles ne devaient pas être trop longues car son ventre énorme lui compliquait la marche. Je lui disais qu'elle ressemblait à un pingouin. Cela ne la faisait plus rire. J'étais revenu à la charge avec mes prénoms.

« Il y aura deux filles. On va les appeler Aurore et Marguerite, c'est d'accord ? »

Ils ne me contredisaient plus. Ils étaient las. J'avais alors pensé avoir gagné la bataille des prénoms à laquelle ils ne jouaient pas vraiment : ils n'en avaient jamais proposé.

Nous étions sur la pointe de Pern. J'entendais « *pointe de Perdre* » et j'avais pris peur, pensant qu'on ne pouvait y aller sans perdre quelque chose. J'avais été prévoyant et laissé ma petite locomotive rouge en bois à l'hôtel, à l'abri du vent, alors qu'elle ne me quittait jamais.

« Tu sais mon fils, il n'y en aura qu'une. »

Je réfléchissais encore aux prénoms : Aurore, Marguerite. *Il n'y en aura qu'une.* Le sens de leur phrase restait flou. Je voyais bien qu'il y avait au moins deux bébés dans son ventre. Si une seule naît, je devrai choisir un prénom. Un seul. Aurore ? Marguerite. Le silence suscité par leurs paroles ne s'entendait plus. Le vent prenait toute la place. Ils me tenaient fort, chacun une main, de peur que je ne m'envole, moi aussi.

Cette annonce avait fait disparaître la sensation de déséquilibre et de froid du vent. La violence des propos avait fait s'évaporer la brutalité de la tempête. Elle aurait arrêté un ouragan. Tout était figé. Il n'y a pas besoin de vent pour s'envoler.

Tout s'envole.

Les glaciers. Ajzik. Marguerite. Les vies s'envolent.

Au sommet du mont Blanc, le vent me renvoie en Bretagne mais n'a rien de comparable : il est plus froid, plus hostile. Ni mouettes ou goélands, ni odeur de bruyère ou d'algue. Rien de vivant sur le mont Blanc. Pourtant je retrouve dans ce souffle la même violence imperturbable, la même impuissance face à cette vigueur. La même vulnérabilité quand les éléments s'acharnent contre moi. Les vents sont indifférents à nos douleurs et à nos fragilités.

Dans mon esprit, la rencontre avec le divin coïncide avec la mort. Je suis à présent au début du Ciel, devant le panneau d'indication MONT BLANC, auquel j'accroche mes vertiges. Les constructeurs de la tour de Babel avaient le désir d'être au plus haut, au plus près du Ciel. Le petit écriteau recouvert de neige nous indique que nous avons atteint le point culminant, le point marqueur du passage entre les deux mondes. Si nous sommes au plus haut et que le point de passage vers l'au-delà est ici, qu'ai-je envie de dire à Marguerite ? Qu'ai-je envie de dire à ma petite sœur ?

Le froid m'oppresse et me transperce. J'ai perdu ma chaleur avec la fin de l'effort. Les bourrasques givrées qui me flagellent de toute part altèrent ma joie d'avoir touché au but, d'être arrivé au sommet. Je tapote la poche arrière de mon pantalon. Ma petite locomotive est toujours là, souffrant, elle aussi, des rafales à cinquante kilomètres par heure à moins dix degrés.

Barou'h ata Ado-naï Elo-hénou Mélè'h Haolam, chéhé'héyanou békiyémanou béhiguianou lazémane hazé

(*Béni sois-tu, l'Être, roi du monde, qui nous a donné la vie, nous a soutenus et nous a permis d'atteindre ce jour*)

Les mots hébreux me viennent aux lèvres. Je répète la prière.

Le vent et la douleur du froid font couler des larmes sur mes joues.

Et Marguerite ? Au sommet, les idées se pressent. Elle est morte avant d'avoir vécu. Pourtant, elle m'accompagne, je suis avec elle depuis le début de la journée. Peut-elle être morte si elle m'accompagne ? Quand les âmes sont au ciel et qu'on est soi-même au ciel, est-il raisonnable de les chercher ? De s'adresser à elles ? Je sens une présence mais ne vois rien, rien que la beauté du monde réel qui dépasse tout ce que mon imaginaire a pu créer. Une beauté à la fois transcendantale, brutale, funèbre et mélancolique.

Mes larmes sèchent au vent, ou bien gèlent-elles ; j'ai du mal à le savoir. Entre extase et supplice, les nuances sont absentes dans ce lieu de tous les superlatifs. Mon euphorie d'avoir été au bout de l'aventure se bat contre cette torture. Mon exaltation fugitive apparaît dérisoire face à ce calvaire.

Je suis ici, au sommet du mont Blanc, et cela me suffit. Des désirs irrationnels m'inondent et prennent le dessus sur mon esprit et mon amour de la vie. Redescendre m'importe peu. Je balaye cette idée non pas d'un revers de main, mais d'un revers de neurones obstinés à vouloir monter. Toujours monter. Même si nous sommes déjà au sommet.

J'attribue ce délire morbide à l'effet de l'altitude et je m'inquiète à présent de mon enterrement ! Y jouera-t-on *la Marche funèbre* ? Qui prononcera à mon intention la prière des morts, le kaddish ? Et qui sera de la partie ? Car oui, je l'imagine plutôt festif ; je trouve parfois la tristesse des gens aux enterrements feinte, voire suspecte. Combien de personnes y aura-t-il ? Je m'étonne de trouver plus important de me tourmenter de la présence de ceux qui assisteront à mes funérailles que de me concentrer sur le chemin du retour et de rentrer en vie. La reconnaissance d'un peu d'amour à ma mort serait-elle plus importante que la vie elle-même ? La reconnaissance, plus importante que la vie ? Un bref éclat de lucidité me ramène à la raison. Absurde !

Est-ce que quelqu'un préviendra Marie ? Marion ? En les évoquant, j'entends son prénom. Mar… Mar… Ma façon de la reconnaître. Marguerite. En la nommant, je lui ai donné une forme d'existence, une place, à défaut d'avoir une tombe ou une vie. Mais elle est indifférente à cette reconnaissance. Mes pensées vagabondent, altérées par la fatigue et l'altitude. Marguerite aurait-elle trouvé incestueuse ma relation avec une Marion, une Marie ? Dorénavant, je m'interdirai toutes les femmes dont le prénom commence par Mar… Mar… Une sonorité si proche de « *mère* ». Double inceste ? Quelle angoisse ! Je sens mes pensées m'échapper.

Je tourne le dos à la petite croix. Je regarde vers l'ouest, la voie de notre arrivée, vers le soleil couchant. Je scrute le sol et je cherche.

Je cherche l'edelweiss, la noble blanche d'Oncle Ajzik. Il m'avait dit qu'elle poussait sur les sommets. En réalité, la montagne est blanche tout entière. Le mont Blanc est un edelweiss.

Je cherche et je trouve la marguerite. Ses pétales se confondent avec le blanc de la glace, le cœur jaune avec la trace des profanateurs de la montagne. Le mont Blanc est une marguerite.

Les bourrasques figent mes joues, et mon visage est incapable d'avoir la moindre expression. Mes larmes redoublent et se congèlent au niveau des zygomatiques. J'ai la gorge nouée. J'éprouve de nouvelles sensations, à la fois violentes et anesthésiantes. Je lance au guide, au comble de la confusion :

« Est-ce la voie Marguerite ? »

Mes mots sont noyés par une nouvelle rafale. Pourvu qu'elle les ait emportés vers l'au-delà, dans le monde de Marguerite !

Je me redresse. Dos au soleil, droit et fier, je lève des yeux brouillés. Le froid est terrible. Atroce. L'euphorie du sommet aura duré si peu de temps !

Un effort intense de dix heures contre quelques instants d'exaltation ? Depuis que mon corps est plongé dans l'inaction, je me métamorphose en glaçon. Je regrette d'avoir voulu prolonger notre présence dans cet enfer blanc.

« Allez, on redescend ! »

Ma voix est étouffée par la neige. Avant de fuir, je veux photographier la lumière de l'autre monde. L'immortaliser. La mettre dans une boîte et l'emporter avec moi. J'enlève mon gant, je sens ma main droite se dessécher.

Donna donna donna donna
Donna donna donna do…

Comme des rails de train, ou un cordon ombilical insécable, nos traces rappellent le chemin qui ramène à la vie. Le lien vers le monde des vivants. Cette pensée m'incite à rompre le cordon à jamais. Je veux monter. Plus haut. M'envoler. Mais la lourde corde et les crampons congelés dans la glace me clouent au sol.

Donna donna donna donna
Donna donna donna do…

Un désir venu d'ailleurs me pousse à plonger. Tout court. Tout droit. Ce vide gigantesque, ce trou béant, l'infini, m'attirent. Si je saute, la pesanteur m'aidera. J'avance vers la mer de nuages. Cette mer qui semble si douce, enveloppante ; cette mer qui me tiendra chaud.

Donna donna donna donna
Donna donna donna do…

Rien-du-Tout resurgit dans mon esprit et me provoque :

Sautera ? Sautera pas ?

Chapitre 11

Tu choisiras la vie
DEUTÉRONOME 30-19

Je jette ma petite locomotive en bois rouge dans le vide.
Elle disparaît à travers les nuages.

Épilogue

Au mois d'août 2020, au départ du Tour du Mont-Blanc depuis Chamonix, nous sommes passés au col de Voza, par lequel transite le Tramway aux prénoms.

Laissant mes compagnons de voyage se reposer un instant à l'ombre, je vais voir la guichetière installée dans la cabane qui sert de point de vente face aux rails et demande le prénom du prochain train.

« *Jeanne* à la montée, *Marie* à la descente. *Anne* est à la maintenance.

— N'était-il pas prévu qu'un jour, il y ait une quatrième motrice ?

— D'ici deux à trois ans, elle devrait être parmi nous.

— Savez-vous s'ils vont lui donner un prénom ? »

La guichetière me sourit.

« Oui. Elle va s'appeler Marguerite. »

Références musicales

Aaron Zeitlin et Sholom Secunda*: Donna Donna* (version originale en yiddish)

Joan Baez : *Donna Donna* (version anglaise)

Claude François : *Donna Donna* (autre version en français)

Bella Ciao : chant des partisans italiens

Chanson de Bourg-Madame : chant antifranquiste espagnol

Jean-Sébastien Bach : deuxième partita pour violon seul en ré mineur, cinquième mouvement, la Chaconne (BWV 1004) et le concerto pour deux violons en ré mineur (BWV 1043)

Jean-Baptiste Lully : *Grand Dieu sauve le roi*

Wolfgang Amadeus Mozart : messe de Requiem (KV 626)

Frédéric Chopin : sonate n° 2 pour piano en si bémol mineur, troisième mouvement (opus 35)

Félix Mendelssohn : concerto pour violon n° 2 en mi mineur (opus 64)

Max Bruch : Kol Nidrei (opus 47)

Ernest Bloch : Nigun (pour violon et piano)

György Ligeti : concerto de chambre

Évocations

Publier un livre est un privilège qui donne l'illusion de l'immortalité.
Je m'empresse de rappeler à cette occasion nos disparus, partis trop tôt, afin de prolonger leur existence :

Mes quatre tantes nées à Marrakech entre 1930 et 1941 et décédées enfants. Elles s'appelaient Renée, Rachel, Suzanne et Aziza et sont les filles de mes grands-parents paternels, Nina et Isaac Sibony ;

Mon « demi-oncle » et ma « demi-tante », fils et fille de mon grand-père maternel Berek Dudkiewicz et de sa première femme, Rosa Wejz. Ils se nommaient Gabriel et Charlotte Dudkiewicz et seront déportés le 16 juillet 1942 à Paris, à l'âge de neuf et cinq ans. De retour des camps, mon grand-père s'est marié avec ma grand-mère, Étoile Bensaïd. De leur union est venu un premier enfant, mort-né. Cet oncle que je n'ai pas eu n'a pas été nommé. Il se serait certainement appelé Gabriel;

Ma quatrième sœur, dont le prénom est un silence.

Remerciements

Ce texte n'aurait pas pu naître sans être accompagné de près et de loin par des personnes merveilleuses grâce et avec lesquelles je me suis construit. Elles se reconnaîtront.

Je tiens à formuler ma reconnaissance envers l'enseignement dont j'ai bénéficié de la part de formidables professeurs à l'école publique, laïque et républicaine.

Merci à Emmanuelle Huisman-Perrin pour la confiance qu'elle m'a accordée en son temps. Merci à Marc-Antoine Bourdeu pour son écoute active.

Je remercie Anna Moï dont les précieux conseils m'ont permis d'affiner la texture de mon écriture.

Merci à Élisabeth et aux fidèles camarades du dimanche matin, Vincent et Laurent.

Merci à Joseph pour nos échanges musicaux et ses connaissances. Merci à Sandra qui a relu ce manuscrit à un moment décisif.

Je remercie mes parents Charlotte Dudkiewicz-Sibony et Daniel Sibony. Ils m'ont transmis l'essentiel, en m'inscrivant dans la tradition du livre, de l'écoute et de l'écriture.

À Domitille, ma compagne, critique bienveillante et intransigeante, elle fut la première à m'appeler écrivain,

À Ève, née pendant les dernières relectures de ce livre, à qui nous souhaitons de trouver sa propre voie quand elle fera l'ascension de son Mont-Blanc.

Le Haïm ! Aux vies !

Chez le même éditeur
(extrait)

Ghada Abdel Aal, *Cherche mari désespérément*
Renata Ada-Ruata, *Battista revenait au printemps*
Elisabeth Alexandrova-Zorina, *Un homme de peu*
Elisabeth Alexandrova-Zorina, *La poupée cassée*
Karim Amellal, *Bleu Blanc Noir*
Karim Amellal, *Dernières heures avant l'aurore*
Omar Benlaala, *L'Effraction*
Maïssa Bey, *Au commencement était la mer*
Maïssa Bey, *Nouvelles d'Algérie*
Maïssa Bey, *Cette fille-là*
Maïssa Bey, *Entendez-vous dans les montagnes…*
Maïssa Bey, *Sous le jasmin la nuit*
Maïssa Bey, *Surtout ne te retourne pas*
Maïssa Bey, *Bleu blanc vert*
Maïssa Bey, *Pierre Sang Papier ou Cendre*
Maïssa Bey, *Puisque mon cœur est mort*
Maïssa Bey, *Hizya*
Maïssa Bey, *Nulle autre voix*
Bui Ngoc Tan, *La mer et le martin-pêcheur*
Bui Ngoc Tan, *Conte pour les siècles à venir*
Philippe Carrese, *Virtuoso ostinato*
Philippe Carrese, *Retour à San Catello*

Philippe Carrese, *La légende Belonore*
Philippe Carrese, *Tango à la romaine*
Philippe Carrese, *Une histoire de l'humanité (tome 1 et fin)*
Philippe Carrese, *La famille Belonore. Une saga italienne*
Bernard Dan, *Le livre de Joseph*
Nicole Dennis-Benn, *Rends-moi fière*
Nicole Dennis-Benn, *Si le soleil se dérobe*
Samira El Ayachi, *Quarante jours après ma mort*
Samira El Ayachi, *Les femmes sont occupées*
Samira El Ayachi, *Le ventre des hommes*
Ilo de Franceschi, *Écrivez-moi Madeleine*
Andréa del Fuego, *Les Malaquias*
Andréa del Fuego, *Les miniatures*
Dong Xi, *Une vie de silence*
Dong Xi, *Sauver une vie*
Suzanne El Kenz, *La maison du Néguev*
Ali Erfan, *Sans ombre*
Helga Flatland, *Une famille moderne*
Helga Flatland, *Reste si tu peux, pars s'il le faut*
René Frégni, *Le chat qui tombe et autres histoires noires*
Marion Guénard, *Au printemps on coupe les ailes des oiseaux*
Malu Halasa, *La mère de tous les cochons*
Karen Jennings, *Les oubliés du Cap*
Nìkos Kokàntzis, *Gioconda*
Nìkos Kokàntzis, *Le vieil homme et l'étrangère*
Ivan Kremniov, *Voyage de mon frère Alexis au pays de l'utopie paysanne*
Denis Langlois, *Le déplacé*
Anne Larivière, *L'expérience du vide*
Juliana Leite, *Entre les mains*
Jean-François Létourneau, *Le territoire sauvage de l'âme*
Nikolaï Leskov, *Le Paon*
Vadim Levental, *Le destin de Macha Regina*

Jacques Lindecker, *On a aimé des poisons*
David Machado, *Laissez parler les pierres*
David Machado, *Indice de bonheur moyen*
David Machado, *Des abeilles sous la peau*
Grégory Matthys, *Lettres muettes pour fille non-affranchie*
Ali-Reza Mahmoudi Iranmehr, *Nuage rose*
Anna Moï, *Nostalgie de la rizière*
Anna Moï, *Le pays sans nom*
Naïri Nahapétian, *L'amour selon Marina M.*
Enzo Gianmaria Napolillo, *Les tortues reviennent toujours*
Enzo Gianmaria Napolillo, *Carlo est sorti tout seul*
Mohamed Nedali, *Le bonheur des moineaux*
Mohamed Nedali, *La maison de Cicine*
Mohamed Nedali, *Triste jeunesse*
Mohamed Nedali, *Le Jardin des pleurs*
Mohamed Nedali, *Évelyne ou le djihad*
Mohamed Nedali, *La bouteille au cafard*
Mohamed Nedali, *Le poète de Safi*
Nguyên Ngoc Tu, *Immense comme la mer*
Diekoye Oyeyinka, *La douleur du géant*
Victor Paskov, *Ballade pour Georg Henig*
Aurore Py, *La nuit, quand elle vient*
Daniel Quirós, *La disparue de Mazunte*
Anna Roman, *Le val d'absinthe*
Igor Saveliev, *Les Russes à la conquête de Mars*
Pierre Sérisier, *L'intraitable chagrin de la bourgeoisie*
Pierre Sérisier, *On ne va pas se mentir*
Alexandre Seline, *Je ne te mens jamais*
Alexandre Sneguiriev, *Je ris parce que je t'aime*
Alexandre Sneguiriev, *Véra parmi les hommes*
Mathanghi Subramanian, *Les toits du paradis*
Natalia Sylvester, *C'était le jour des morts*
Sun Huifen, *Cousine Perle*

Olivier Szulzynger, *La maison Bataille*
Ahmed Tiab, *Vingt stations*
Victoria Tchikarnieeva, *Bye-bye Vichniovka !*
Gérald Tenenbaum, *Les Harmoniques*
Nguyên Huy Thiêp, *Mon oncle Hoat*
Nguyên Huy Thiêp, *Mademoiselle Sinh*
Nguyên Huy Thiêp, *Conte d'amour un soir de pluie*
Nguyên Huy Thiêp, *Crimes, amour et châtiment*
Samuel Zaoui, *Humaine machine*
Chabname Zariâb, *Le pianiste afghan*
Spôjmaï Zariâb, *Les demeures sans nom*

Pour limiter l'empreinte environnementale de leurs livres,
les éditions de l'Aube font le choix de papiers
issus de forêts durablement gérées et de sources contrôlées.

Achevé d'imprimer en décembre 2023
sur les presses de l'imprimerie Firmin-Didot
pour le compte des éditions de l'Aube
331, rue Amédée-Giniès, F-84240 La Tour-d'Aigues

Numéro d'édition : 5868
Dépôt légal : janvier 2024
Numéro d'impression : 177701

Imprimé en France